时文
精粹
SHIWEN
JINGCUI

U0921777

时文精粹 SHIWEN JINGCUI

掌声总在成功后

陈鲁民◎著

煤炭工业出版社
·北 京·

图书在版编目（CIP）数据

掌声总在成功后／陈鲁民著．--北京：煤炭工业出版社，2016（2023.1重印）

（时文精粹／陈勇，吴军主编）

ISBN 978-7-5020-5231-7

Ⅰ.①掌… Ⅱ.①陈… Ⅲ.①杂文集—中国—当代 Ⅳ.①I267.1

中国版本图书馆CIP数据核字（2016）第053755号

掌声总在成功后

著　　者　陈鲁民
丛书主编　陈　勇　吴　军
责任编辑　马明仁
封面设计　宋双成

出版发行　煤炭工业出版社（北京市朝阳区芍药居35号　100029）
电　　话　010-84657898（总编室）
　　　　　　010-64018321（发行部）　010-84657880（读者服务部）
电子信箱　cciph612@126.com
网　　址　www.cciph.com.cn
印　　刷　北京飞达印刷有限责任公司
经　　销　全国新华书店

开　　本　710mm×1000mm 1/16　**印张**　14　**字数**　120千字
版　　次　2016年5月第1版　2023年1月第5次印刷
社内编号　8082　**定价**　46.00元

序言 | *Preface*

八倍的辛劳

陈鲁民

我喜欢低吟浅唱。

或许我的声音没那么优美，音准也不无瑕疵，但是完全发自肺腑，不掺假，不做作，我口唱我心。其实，我平时并不怎么唱歌，我的吟唱主要是爬格子，说好听点就是笔耕著文。我向往的理想境界是静静地读书，沉稳地写作，不考虑评论家的高见，不受各种评奖的干扰，拒绝炒作，远离起哄，文章能发表固然好，发不出去，就自娱自乐，时不时拿出来赏析一把。隔上两三年，文章积多了，结集出本小册子，请朋友师长指教，送热心读者一笑，自己也留作纪念。于是就有了这本小册子的悄然问世。

钱钟书先生说："大抵学问是荒江野老屋中，二三素心人商量培养之事，朝市之显学必成俗学。"著书立说，需要静下心来，远离喧嚣，苦心孤诣，慢慢琢磨，低吟浅唱，才有可能弄出点有价值的东西。反之，若搞得动静太大，还没下笔就闹得世人皆知，就像开一场规模浩大的音乐会，那注定不会成功，顶多收获一把毫无用处的稗草。教授生徒，释疑解惑，也不需要高音喇叭。《后汉书·马融传》记，东汉学者马融"善鼓琴，好吹笛，达生任性，不拘儒者之节。居宇器服，多存侈饰。常坐高堂，施绛纱帐，前授生徒，后列女乐。"也就是说，马融讲经论道的时候，常在高台上挂一个绛色大帐，并在帐后设列女乐，轻歌曼舞，搞得这么热闹，不知他是为了考验学生的定性呢，还是为了教书娱乐两不误。所以，尽管史书把“绛帐授徒”当作美谈，可后世没听说再有人仿效，把本该低吟浅唱的事情放大成引吭高歌，那就成了小沈阳的裤子——跑偏了。

“低吟浅唱”若从写作文体长度来说，还有一重意义就是等于短文小诗。左联五烈士牺牲后，迅翁写诗纪念：“忍看朋辈成新鬼，怒向刀丛觅小诗。吟罢低眉无写处，月光如水照缁衣。”又是“小诗”又是“吟罢”，若就篇幅而言，鲁迅就是低吟浅唱的大师，他的文章大部分都是千字文，与那些动辄几十万、上百万字的鸿篇巨制相比，确实不那么壮观。以至于后世有人不无轻薄地说“鲁迅没有长篇算不上大作家”，可中国有长篇的作家车载斗量，就文学影响与价值而言，无人能与鲁迅比肩，现代作家排序无论怎么调整，最后还是“鲁郭茅巴老曹”。有了一个鲁大师的榜样，像我这样喜欢写千字文的作者就有了底气，安安静静地舞文弄墨，欢欢喜喜地低吟浅唱。有人叫好，我向您致一声谢；无人喝彩，我照旧埋首书桌。

我的这本“低吟浅唱”，有励志的“鸡汤”，有抒情的美文，有诙谐的戏说，有开悟的体会，海阔天空，东拉西扯，绝不敢以厚重自居，但也算是言之有物。读我的东西，虽不会有醍醐灌顶之感，但也不会枯燥无味读不下去，对这一点，我是有些自信的，这就应了杜工部那句切中肯綮的精辟之见：“文章千古事，得失寸心知。”

目录

Contents

第一辑
志存高远篇

第二辑
自强不息篇

第三辑 见贤思齐篇

第四辑 乐观向上篇

第五辑

人生履痕篇

第六辑

拥抱幸福篇

第七辑

亲吻成功篇

1

第一辑

志存高远篇

我要跳到月球上

近日，世界登月第一人阿姆斯特朗仙逝了，大家都在传诵他的名言:“这是个人的一小步，却是人类的一大步。”其实，他还有一个儿时的故事可以给我们更多启发。

先来看这个小故事：美国沃帕科内塔小镇，一位妈妈正在厨房里洗碗，她听到10岁的儿子在后院里蹦跳玩耍的声音，便对他喊道:“亲爱的，你在干吗呢？”儿子说:“妈妈，我要跳到月球上去！”这位妈妈没有给“胡思乱想”的儿子泼冷水，而是说:“好，不要忘记回家哟！”30年后，这个小孩成为第一个登上月球的人，他就是美国著名宇航员阿姆斯特朗。少年的志向对于成年后的事业成功之重要由此可见一斑。

如果说，阿姆斯特朗的成功只是带有偶然性的个例，那么，英国一项持续30余年跟踪上万名英国人生活的调查则表明，志向远大的孩子成人后事业更加成功。英国教育研究所的研究人员分析了被调查对象在11岁时写的展望自己未来的短文，然后将短文内容与作者42岁时的实际情况相比较。调查显示，在11岁时便有专业技术职业抱负的孩子当中，50%的人42岁时在从事这类职业；而没有类似职业抱负的孩子中，这个比例仅为20%。

立志是事业成功的重要一步。少年项羽看到秦始皇的浩荡车驾，就口出狂言："彼可取而代之。"孙中山读私塾时，就立志要推翻丧权辱国的腐败清廷。青年毛泽东离家外出读书时，写下一首诗给父亲，表明远大志向："孩儿立志出乡关，学不成名誓不还。埋骨何须桑梓地，人生无处不青山。"周恩来上小学时就立志要"为中华之崛起而读书"。经过努力奋斗，不懈追求，他们后来都实现了自己儿时的志向，经天纬地，摇动乾坤，成了彪炳史册的伟人。

志向是我们走向成功的助推火箭。古人说"志当存高远"，"志不立，天下无可成之事"。因而，对初出茅庐的青年的志向，不能因其"狂妄"而泼冷水，不能因其"荒唐"而棒喝，一定要热情鼓励、爱护、引导。设想一下，倘若当年阿姆斯特朗的妈妈对于儿子的奇思妙想大加呵斥，当头一盆冷水，那么几十年后，第一个登上月球高声宣布"对于我是一小步，对于人类是一大步"的宇航员就可能另有其人了。

所以，当我们的孩子或青年人发出"我要跳到月球上"的狂言时，请尊重和保护他的志愿和意向，鼓励他的异想天开，支持他的匪夷所思，再耐心等待与精心培育，多少年后，或许他就是另一个阿姆斯特朗。

站在台风口的猪

小米创始人雷军有句名言:“站在台风口，一头猪都能飞起来。”话说得很谦虚，也很霸气；很幽默，也很睿智；很通俗易懂，也很有哲理。

领教过台风威力的人都知道，台风能轻易把大树连根拔起，把汽车掀翻。如果站在台风口，别说是猪了，就是牛，就是大象，都有可能被吹飞。在著名的风口吐鲁番达坂城，就曾有过火车被吹翻的记录。

当然，雷军眼里的台风另有其意，就是指干事业的时势和机遇:“在业界混，要找最有可能有台风口的地方，做一头会借力的猪。”于是，这头“会借力的猪”就看准目标，在低价智能手机这个台风口里扶摇翻飞，大显身手，攻城略地，开疆拓土，只用短短 4 年时间，就使小米手机成为全球第三，雷军也以 99 亿美元的身价，居“福布斯中国富豪榜”第 8 位。

听完雷军的创业奇迹和高谈阔论，很多正在创业或志在创业的人热血沸腾，恨不得马上变成一头会飞的猪，扶摇上升，鸟瞰大地，成为创业成功的新星，在福布斯排行榜上也露一小脸。可是，这事其实没那么简单，冷静下来想想，这头猪还真不是那么容易做的，想飞起来可谓障碍重重，危机四伏，有很多风险与未知数，你要想成为会飞的猪，一定要先把这些事情想清楚。

首先要找准台风口。如今眼下，能发财的路子太多，让人眼花缭乱。炒股票、炒黄金、做期货、玩古董、搞地产、倒卖字画、风险投资、出国淘金、高息揽储、资本运作、变相传销……真真假假，虚虚实实，你也不知道哪个台风口能把猪吹起来。万一你选错了风口，不仅飞不起来，弄不好还会血本无归，倾家荡产。

能不能飞起来也是个问题。一个台风口就那么大地方，同样也怕猪满为患。台风口如果站了太多的猪，挤成一团，猪山猪海，熙熙攘攘，摩肩接踵，估计再大的台风也无法让猪飞起来。我们曾经经历过的全民经商，全民炒股，全民办公司，全民写作，但凡全民参与的买卖，一窝蜂的盛举，大都不会有好的结果，可能会有个别的猪飞起来了，绝大多数的猪还是成了地球引力的牺牲品。

即便飞起来了，能飞多高，能飞多久也很难说。像雷军那样一飞冲天的猪只是凤毛麟角，大多数飞起来的猪也许刚刚离开地面，摇摇晃晃，没多长时间就落了下来。毕竟一头想飞起来的猪要面临的难题太多，要克服地心引力，要在空中保持平衡，要掌握飞的方向，哪个环节没掌控好都不行。因而，一头想创业的猪，飞得高固然是梦想，飞得稳，飞得长久才是最重要的。

能否平安落地？猪能飞起来并非自己长了翅膀，而是靠风力抬举，“好风凭借力，送我上青云”。可是，假如台风突然停止，猪失去了托举之力，吧唧一下子摔了下来，即使不粉身碎骨，也要摔个鼻青脸肿，说不定就会从一头会飞的猪变成餐桌上的火腿肠。因而，作为一头飞起来的猪，务必要随时保持危机感，审时度势，观风识云，能飞则飞，不能飞就争取平安落地。千万不能狂妄自大，目空一切，忘记自己是一头猪的本质。马云就说过：“猪碰上风也会飞，但是风过去摔死的还是猪。因为你还是猪。我们每个人要思考你怎么把控这个风，你怎么去掌握好这个风，怎么提升自己。”

如果这些问题都想透了，有了充分的思想准备，那就大胆地寻找适合自己的台风口，去做一头会飞的猪吧。不过，我更欣赏马云的另一句话：“我们不应该去寻找风口，而是真正的把自己变成一点点风就能够飞起来的、能够翱翔的人。”

给自己精确定位

在浩瀚无垠的沙漠，在遮天蔽日的大森林，在漫无边际的荒原，人如果不知道自己的正确定位，就不知该往哪里走，那是很危险的，所以人们发明了全球卫星定位技术。人生也是如此，茫茫人海，大千世界，不论尊卑贵贱，每个人都有一个位置。人贵在有自知之明，知道自己的准确定位，做事说话就能恰如其分，不失位，不越位，不狂妄，不逾矩，不授人笑柄。反之，人的吃亏、受窘、困惑，幸福感的缺失，往往都和自我定位失准有关。

《红楼梦》里的晴雯，“心比天高，身为下贱”，最后死于非命，就是吃了定位不准的亏。自己明明是个丫头，无非长得漂亮些，人聪明些，老太太喜欢，于是就有了“准宝二奶奶”的幻想，有意无意地以“准主子”身份自居，打骂小丫头，挤对袭人，讥讽婆子，甚至对宝玉也出言不逊。因犯了众怒，王夫人处理她时，除了宝玉去看了她一回，几乎没人同情她，落井下石者倒不少。

影视新星杨幂，面容姣好，演技不俗，出道不久，即塑造许多为观众喜爱的艺术形象。可能是来得过于容易的成功使她自我感觉太好，也像其他那些成功的明星一样，演而优则唱，也跨界去声乐界露一小脸，结果却很不妙。对于她太业余的演唱，网民们不无苛刻地给她的唱功打了零分，让其大丢面子。她的露怯，就在于定位错误，演戏你固然有两下子，唱歌就外行了，如自娱自乐，倒也无所谓，还要到大庭广众下去献唱，“献丑”那是肯定的。

NBA 著名球星罗德曼，则得益于准确定位。他平时虽放荡不羁，花样百出，却对自己在篮球场上的定位看得很清楚，他明白，自己的长项不是进攻得分，而是抢篮板与防守。所以，得分那种长脸的活就让乔丹、皮蓬去干，自己专心致志地去防守、抢篮板，心无旁骛，全力以赴。因为定位准确，“刺儿头”罗德曼不仅与个性很强的乔丹相安无事，并行不悖，而且还共同夺得三个总冠军，他也居然蝉联了七届篮板王。

全球卫星定位的依据是经度、纬度，人生定位的依据则包括能力、水平、成就、人望、实力、资格、出身等。卫青、霍去病因战功而封侯；李白、杜甫因创作成就而名列诗仙、诗圣；孔明、庞统因能力、人望而被尊为卧龙、凤雏；宝钗、黛玉因出身而贵为小姐，紫鹃、金钏因出身而成为丫头。这些定位，有的合理，有的不合理，但这就是现实。如果说出身无法选择，你得认命，那么通过提高水平、能力，努力建功立业而改变自己的定位，则是每天都在发生的事：丑小鸭变成白天鹅，酸秀才成了状元郎，叫花子成了西凉王，穷小子成了大老板，“人衣哥”成了红歌星，王“傻根”成了名演员……

当然，那些励志打气的话，好讲不好干；改变定位的事，说着容易做着难。毕竟，能付出悬梁刺股、卧薪尝胆那种极端努力的人不多，有经天纬地、呼风唤雨才华的人更少，所以，有改变定位想法和正为之努力者，踌躇满志之余，千万别忘了一句老话“谋事在人，成事在天”。

把生命用足

世界上最宝贵的东西是生命，生命对每个人来说，都是“绝无仅有”。如果我们真的爱惜生命，就要把生命用足，活出精彩，活出辉煌，活得酣畅淋漓，活得不留遗憾。

生命可分为肉体与精神、体能与智能、创造力与工作力，所谓“把生命用足”，就是尽量把这些东西用到极致，力争做到“零库存”，譬如一个作家把脑子里的故事都写完，一个科学家把最后一个构思变成现实，一个慈善家把家财散尽，等等。到最后告别人世时，基本上是油枯灯尽，用得差不多了，各种器官也都衰竭了，那是最理想的境界。从这个意义上来说，有人活得窝窝囊囊，一辈子委曲求全，畏首畏尾；有人活得丰富多彩，有声有色，一辈子活出两辈子的精彩。

那些吃不舍得吃，穿不舍得穿，一辈子为儿女当牛做马的人，虽然留下大笔钱财，自己却活得非常憋屈，连飞机也没坐过，连县城都没进过几趟，不知名牌时装为何物，像点样的旅游也没有过一次，那就算是没有把生命用足，生命的质量要大打折扣。

有的人本事很大却没有施展，能力超强却没有发挥，志向远大却没有实现，或终老山野，或明珠暗投，或郁不得志，或英年早逝，那都算是没有把生命用足。东汉的严子陵是位饱学之士，治国栋梁，却在富春江边钓了一辈子鱼；与诸葛亮齐名的凤雏庞统，满腹经纶，才高八斗，可惜刚出山不久就命丧落凤坡，他们都是没把生命用足的人。

把生命用足，就要在自己从事的那一行里干出名堂，干成翘楚。七十二行，行行出状元，“状元”就是把生命用足的楷模。是否把生命用足，与一个人的地位、能力、出身无关。一个普通农民，十八般农活样样精通，种地像绣花那样讲究，种地种成农业专家、“种粮状元”，十里八乡远近闻名，人人赞誉，那就叫把生命用足了。反之，一个大国总统，即便有经天纬地之才，包罗万象之志，如果任上没有作为，政绩平平，几年、十几年过去后，国家“涛声依旧”，人民生活没有起色，那么他不论地位再高，权力再大，也算是生命没有用足。

把生命用足，就要敢爱敢恨。爱一个人就要大胆追求，明确表露，抓住时机，猛烈进攻，能追到是你的幸福，你就好好享受吧；即便追求失败，也没啥遗憾，因为你争取了，努力了，拼搏了，但本事就这么大，水平就这么高，你没一点保留。恨就要义愤填膺地恨，光明磊落地恨，势不两立，不共戴天，不是你死就是我亡，就像岳武穆那样，“壮志饥餐胡虏肉，笑谈渴饮匈奴血”；就像鲁迅那样，痛打落水狗，一个也不宽恕；就像伍子胥那样，仇人楚平王即使死了，已埋到坟墓里，也要挖出来鞭尸泄恨。

把生命用足，就要充分体验一切可能的生活方式，大胆尝试，不给自己设任何禁区。譬如年轻时没条件，买不起汽车，眼看着快迈入老境，钱有了，时间也有了，谁说老人就不能享受驾驶的乐趣？美国一位九十多岁老太太还要尝试跳伞，加拿大一个下肢瘫痪的青年，竟然坐轮椅登上了7000多米高的山峰。还有传奇科学家霍金，全身只有一根指头能动，仍在进行科学研究，不断有新成果问世。咱们何妨也见贤思齐，潇洒走一回，“老夫聊发少年狂”，一息尚存就要享用生命。

这样，该干的事都干了，该说的话都说了，能跳多高就跳多高，能举多重就举多重，该辉煌时辉煌了，该开花时开花了，该结果时结果了，该享受的也享受了，是蛟龙你就腾云驾雾，倒海翻江；是鲲鹏你就扶摇万里，振翅高飞，没有任何遗憾。大限一到，一声道别：我走了！便驾鹤西去，得大自在，何其洒脱。

不掺假的高度

当年，著名作家大仲马得知他的儿子小仲马投稿总是碰壁时，便对小仲马说："如果你能在寄稿时，随稿附上一封短信，说这是大仲马儿子的作品，或许情况就会好多了。"然而小仲马不但拒绝以父亲的盛名做自己事业的敲门砖，而且不露声色地给自己取了笔名。面对一封封无情的退稿信，小仲马没有沮丧，仍坚持创作自己的作品。他的长篇小说《茶花女》寄出后，终于以其绝妙的构思和精彩的文笔敲开了出版社的大门。《茶花女》出版后，法国文坛书评家一致认为这部作品的价值大大超越了大仲马的代表作《基督山恩仇记》。小仲马一时声名鹊起，红遍法国。后来编辑知道小仲马的身份后疑惑地问他："你为何不在稿子上署你真实的姓名？"小仲马说："我只想拥有不掺假的高度。"

人体的真实高度在一定时间里是个常数，但却可以通过各种"努力"来改变高度，制造一个虚假的高度，譬如穿高跟鞋、踩高跷、戴高帽等，都可以提升自己身体的高度，所以，征兵、招飞、选美、体检都要求"裸高"——不掺假的高度。至于舞台上的女明星，大都穿着10公分以上的高跟鞋，以显示自己的挺拔与苗条，这种掺假的身体高度尚且情有可原，爱美之心人皆有之嘛。

还有一种是学识水平的高度，同样也可以掺假，而且手段更多，比如攀缘权贵，借助名人吹嘘，拉大旗当虎皮，自吹自擂，互相吹捧，抄袭剽窃，弄虚作假等，都可以表现出比实际高度要高的虚假高度。但那就如《菜根谭》所言："苍蝇附骥，捷则捷矣，难辞处后之羞；茑萝依松，高则高矣，未免仰攀之耻。"小仲马如果借助父亲的盛名，作品肯定能更早更多地发表，"好风凭借力，送我上青云"，但这毕竟不是真实的高度，而且也难有大发展，一旦失去父亲的支撑，他就会原形毕露，跌回到原来的真实高度。

再有一种是工作能力的高度，也是可以给人以假象的，闪闪耀眼的学历，高高在上的职务，夸夸其谈的炫耀，都给人以能力强的印象。但实际上，文凭不等于能力，职务与能力也不一定成正比，大话更与能力无关。所以，我们固可以看到许多能力出众、独当一面的领导干部，游刃有余地开展工作；也见过一些色厉内荏的官员，金玉其外，败絮其中的"公仆"，决策乏术，领导无方，尸位素餐，辜负了党和人民的厚望。

身体的真实高度，主要是遗传的结果，是父母的功劳，且不去说它。水平与能力的真实高度，是需要艰苦卓绝的劳动、苦心孤诣的努力才能换来的，"不经风雨，难见彩虹"，没有哪个杰出人物的高水平、高能力是随随便便得来的。作家小仲马的真实高度，是在一篇篇退稿的基础上成长起来的，得益于他的屡败屡战；科学家袁隆平的真实高度，是用半个多世纪的奋斗拼搏换来的，是建立在增产的几千亿公斤杂交水稻的基础之上的；亚洲第一位大满贯女子单打冠军得主李娜的真实高度，是靠数十载的夏练三伏、冬练三九换来的，是在一场场惊心动魄的比赛中杀出来的……

"水往低处流，人向高出走"，人人都渴望高度，羡慕那些成功者的真实高度，但如果我们一时水平有限，能力欠佳，真才实学还没有达到很高的高度，也绝不要投机钻营，弄虚作假，攀援附仰，因为那只会自欺欺人，早晚会出乖露丑。毕竟，一尺的真实高度，比一丈的虚假高度更有价值，也更可靠。

人生为一大事来

人民教育家陶行知曾有诗云:“人生天地间，各自有禀赋。为一大事来，做一大事去。”所谓大事，即惊天动地的事，牵动全局的事，关乎国家兴亡的事，提振民族精神的事，造福全社会的事，改变世界的事，改写历史的事等。

“为一大事来”，首先要有远大志向，志存高远方可鹏程万里。看到秦始皇巡游的浩浩荡荡的队伍，刘邦说“大丈夫当如是”，项羽更狂，居然要“彼可取而代之”。果然，20 年后，就是这两人统率千军万马在争天下，写历史。司马迁发愤著书，立志要“究天人之际，通古今之变，成一家之言。”于是，才有了“史家之绝唱，无韵之离骚”。周恩来从小就立志“为中华之崛起而读书”，与同学相约“愿相会中华腾飞世界时”，后来他成为新中国的卓越建立者和领导者。

“为一大事来”，须有坚韧不拔的意志，百折不挠，方可水滴石穿。孙中山为推翻封建王朝，举行过十多次起义，屡战屡败，屡败屡战，最终心想事成，使中国走向共和。科学家屠呦呦为研制治疗疟疾药物青蒿素，带领她的团队殚精竭虑，苦心孤诣，在经历了 190 次失败之后，在第 191 次低沸点实验中终于发现了抗疟效果为 100% 的青蒿提取物，打开了成功之门。这种被称为“东方神药”的青蒿素每年都在挽救全世界无数人的生命。

“为一大事来”，当具忘我精神，不怕牺牲，勇于献身。铁人王进喜以“为了拿下大油田，宁可少活二十年”的拼命精神，爬冰卧雪，废寝忘食，“有条件要上，没有条件创造条件也要上”，为我国甩掉贫油国帽子作出了重要贡献，最后积劳成疾，英年早逝。两弹元勋邓稼先为研制核武器，隐姓埋名，背井离乡，风餐露宿，宵衣旰食，为寻找试验失败原因，受到大量核辐射，身患重病后仍坚持在工作一线，把宝贵生命和全部心血都铸进了制造国家“盾牌”的伟大事业。

“为一大事来”，须淡泊名利，摆脱名缰利锁的羁绊。心中有大事的人，心胸宽阔，襟怀坦荡，是看不上那些蝇头小利和俗世虚名的，在他们眼里，事业最重，名利为轻。钱学森被一些报刊誉为中国“导弹之父”，可钱老却多次坚拒：导弹是大家研制出来的，绝不是我一个人的功劳。见到报刊上有颂扬他的文章，他也马上给作者和报社打招呼“到此为止”。老书记杨善洲退休后扎根大亮山，义务植树造林，一干就是 22 年，建成面积 5.6 万亩，价值 3 亿元的林场，无偿上缴给国家，“不要人夸颜色好，只留清气满乾坤”。

当然，如果我们做不了惊天动地的大事，把小事做好也是有意义的，把小事做大，小事也可成大事。雷锋本是一普通士兵，做的也都是平常小事，帮列车员打扫卫生，给战友家里寄钱，帮农民兄弟拾粪，但他硬是把小事做成了大事，在一件件小事的基础上形成了伟大的雷锋精神，如今学雷锋已成了全民族陶冶精神的大事，雷锋精神孕育了一代又一代人的成长。这就是陶行知说的又一境界：“本来事业并无大小；大事小做，大事变成小事；小事大做，则小事变成大事。”

主角与配角

在戏台上，因为形象、演技、能力、性格等原因，有些人以演主角而擅长，有些人则以演配角而出彩，他们各安其位，相得益彰，合作了许多精彩剧目，令人啧啧称赞。

历史是一个大戏台，同样也有生、旦、净、末、丑，同样需要主角与配角密切配合，精诚团结，找好各自定位，相互补台而不抢戏，这样才能有成功的演出，将经典剧目留给世人。

刘邦与萧何是主角与配角的最给力模式。主角刘邦虽少文缺武，本事不大，但他有容人之量，识人之明，用人之胆，是个合格的主角。他的几个配角则各有其长，且服膺主角，张良运筹帷幄之中，决胜于千里之外；萧何抚慰百姓供应粮草，稳定后方；韩信领兵百万，决战沙场，百战百胜。“一个好汉三个帮。”刘邦与萧何、张良、韩信的主配结合，效用最高，威力最大。

马克思与恩格斯是主角与配角的最科学模式。马克思为创建理论大厦殚精竭虑，宵衣旰食，恩格斯为马克思提供经济援助，自觉无私；马克思长于对理论体系的创建与完善，恩格斯则精于梳理与开掘；马克思的阵地主要是图书馆和博物馆，恩格斯则更关注现实的工人运动和商业社会；马克思对恩格斯的才能十分敬佩，说自己总是踏着恩格斯的脚印走，恩格斯总是认为马克思的才能超过自己，自觉甘居第二小提琴手。他们是亲密无间的朋友，他们所有的一切，无论是金钱或是学问，都不分彼此。

孙中山与黄兴是主角与配角的最合理模式。孙中山长于思想与决策，在海外进行宣传与筹款，黄兴长于实践与行动，多次参加武装起义，诚如章士钊所言："孙、黄合作，是最理想不过的：一个是兴中会会长，一个是华兴会会长；一个是珠江流域的革命领袖，一个是长江流域的革命领袖；一个在海外奔走，鼓吹筹款，一个在内地实行，艰辛冒险；一个受西方教育，一个是传统的中国知识分子。"这就是所谓"孙氏理想，黄氏实行"模式。尽管声名显赫的黄兴拥趸日增，但他始终服从孙中山的领导，不居功，不抢戏，与孙团结一致，保证了辛亥革命的成功。

洪秀全与杨秀清是主角与配角的最失败模式。主角洪秀全是落魄文人，长于宣传鼓动；配角杨秀清是烧炭工人，勇于战场冲杀，一文一武，本应密切配合，互补长短，无奈两人境界都不高，胸怀均狭窄。定都南京后，洪秀全贪图享受，任人唯亲，又嫉妒杨秀清功高震主；杨秀清则鄙视洪秀全昏庸无能，不甘居配角，步步进逼。最后为争权夺利自相残杀，数万太平军死于无辜，杨秀清、韦昌辉被诛，石达开出逃，太平军从此一蹶不振，走向灭亡。

不论何时何地，主角与配角都客观存在，当今社会分工越细，尤其如此。一个戏台，有主角与配角之分；一个班子，有正职副职之分；一场战役，有主攻与辅攻之分；一支球队，有主力与替补之分。主角要有大局观，胸襟要宽，气势要足；配角要有配角意识，自觉补台，不能抢戏；主角要尊重配角，名利不能独吞，配角要服从主角，锋芒不能太露，这戏才能唱下去，唱出名堂，事业才会兴旺，蒸蒸日上，欣欣向荣。

少有大志尤可贵

民间有语：三岁看到老。细细想来，不无道理，纵观古今中外那些伟人名流，成功人士，多是少有大志，胸怀千里，从小就与众不同，“野心勃勃”。

最出名的当然是《史记》所载的两位枭雄，看到秦始皇巡游的浩浩荡荡队伍，小屁孩刘邦说“大丈夫当如是”，玩尿泥娃娃的项羽更狂，居然要“彼可取而代之”。果然，20年后，就是这两人统率千军万马在争天下，演出了一幕威武雄壮的历史大剧。

明朝的大政治家张居正自小就聪明异常，人称神童。8岁便熟读四书五经，后来在13岁去参加乡试之前，写下了一首诗《咏竹》:“绿遍潇湘外，疏林玉露寒。凤毛丛劲节，直上尽头竿。”他用竹来表志，倾慕寓意着正直与清高的竹“节”，渴望像竹一样蓬勃向上，童趣中蕴含着大志，稚嫩里流露出嚣张。

同样是13岁时，毛泽东也写过一首《七绝·咏蛙》:“独坐池塘如虎踞，绿杨树下养精神。春来我不先开口，哪个虫儿敢作声。”大得老师赞赏，称其气度非凡。其后来的雄才大略，气压群雄，此时便可略见端倪。再联想到他青年时的“问苍茫大地，谁主沉浮？”中年时的“数风流人物，还看今朝”，晚年时的“横扫一切害人虫”，其豪气志向可谓一脉相承。

还有一个 13 岁的孩子叫周恩来，在沈阳东关模范高等学堂读书时，校长问大家："读书为了什么？"或曰升官发财，或曰光宗耀祖，或曰发家致富，或曰帮父母记账，或曰好找工作，唯独周恩来大声表示"为中华之崛起而读书"。中学毕业时，他给一个要好的同学写了临别赠言："志在四方""愿相会中华腾飞世界时"。后来，他果真为国为民立下丰功伟绩，彪炳史册，成为一代伟人。

再说陈独秀，他是一个奇怪的孩子，和小伙伴做游戏，总爱扮龙的角色，而在那个时代，龙还是皇帝的代名词，玩这种游戏有遭人举报的危险。陈独秀为此没少挨祖父打。但无论如何挨打，他总是一声不哭，把祖父气得不止一次愤怒而伤感地骂道："这个小东西将来长大，必定是一个杀人不眨眼的江洋大盗，真是家门不幸！"果然，这个孩子长大后成为 20 世纪中国的盗火者普罗米修斯，而且一直龙性不改，直到晚年还写诗自励："悠悠道途上，白发污红尘，沧海何辽阔，龙性岂能驯。"

孙中山童年时，最喜欢听一位曾跟随洪秀全的太平军老战士冯爽观讲打仗故事，他十分敬慕洪秀全。有一次在听讲中禁不住脱口而出："洪秀全灭了清朝就好咯！"冯爽观高兴地摸着孙中山的小脑袋说："你真是洪秀全第二啊！"从此，孙中山在和同伴玩游戏时就常以"洪秀全第二"自称，"驱除鞑虏"的思想就从这里萌芽，推翻满清的志向就从这里孕育。

"人生有大志，何处不翻飞？"少有大志，可提供发奋读书的动力，可增强克服困难的韧劲，可激励探索进取的兴趣，可培养水滴石穿的毅力。而一个胸无大志的青少年，日后成就伟业的可能性极小。因而，每个望子成龙、望女成凤的父母，在不遗余力培养孩子画画、弹琴、跳舞、打球等种种爱好的同时，也千万不要忘记培养孩子的远大志向，鼓励孩子"人生为一大事而来，做一大事而去"。少年时栽下的志向幼苗，将来一定会长成枝繁叶茂的参天大树。

活得让人嫉妒

少年得志的韩寒曾说过，我想不起来该嫉妒谁。他或许有资格说这个话，他年轻气盛，聪明过人，书卖得好，赛车玩得不错，人又长得帅，有钱兼有闲。而我等芸芸众生，似乎只有嫉妒别人的份，但冷眼旁观那些活得让人嫉妒的人，百感交集，别有一番滋味在心头。

美得让人嫉妒。古时四大美女，虽说沉鱼落雁，闭月羞花，倾城倾国，但离咱们太远，还犯不着嫉妒。当今明星范冰冰、章子怡、李嘉欣、张柏芝、林志玲，那是肤若凝脂，眼如秋水，巧笑倩兮，美目盼兮，要盘子有盘子，要条子有条子，减一分太瘦，增一分太肥。且就活在咱们身边，环肥燕瘦，让男人心生觊觎；春兰秋菊，令女人心怀嫉妒。但毕竟这是爹妈给的，算不上英雄。要说嫉妒，只能说嫉妒人家投胎投得好。

干得让人嫉妒。阿里巴巴集团主席马云，百度公司董事长兼首席执行官李彦宏，新东方老总俞敏洪，网易公司首席执行官丁磊等，岁数不大，学历不高，没有祖荫，没有后台，硬是一刀一枪干出一片辽阔天地，财源滚滚，事业红火，让世界瞩目，令众人嫉妒。袁隆平，在水稻田里干出了大名堂；乔丹，在篮球场上干出了奇迹；杨利伟，在太空舱里干出了中国第一；杨振宁，在实验室里干出了世界水平。他们被嫉妒也毫不奇怪，因为绝大多数人一辈子也达不到他们的高度。

写得让人嫉妒。才华横溢的诗人、作家，下笔如有神，文章惊天地，名传千古，像李、杜、班、马，唐宋八大家，不想让人嫉妒都难。我有一个年轻作家朋友，既勤奋又有天赋，文章写得又多又好，多次获各种文学奖，名声远播。一次酒后，他喝得高兴，扶着我的肩膀说，兄弟，我没别的目标，我就是要写得让人嫉妒，让他们觉得与我同时代是个悲剧。别人是不是嫉妒他不知道，反正我是对他羡慕嫉妒恨，一见他我就觉得自惭形秽，感到自己选错了行，不该舞文弄墨。

说得让人嫉妒。辩才无碍，是智者本事；谈吐优雅，乃高人风采。苏秦、张仪游说诸侯，孟子与梁惠王议政，诸葛亮舌战群儒，谢道韫折辩宾客，都是靠嘴皮子出彩的历史美谈。于今而论，于丹的口若悬河，易中天的舌灿莲花，王立群的出口成章，纪连海的滔滔不绝，周立波的诙谐幽默，都颇受欢迎，粉丝不少，靠三寸不烂之舌，成了一时名流，吃香喝辣，名利双收，也不能不让人嫉妒。

演得让人嫉妒。演艺圈里俊男靓女多如牛毛，个个搔首弄姿，争奇斗艳，谁也不服谁，都以为自己是马龙·白兰度再生，玛丽莲·梦露第二。可万万没想到，其貌不扬，口才一般，也非科班出身，没学过斯坦尼表演的葛优，却凭着过人演技，异军突起，演啥像啥，成为一线明星里的出类拔萃者，出任多部大片里的男一号，一时风头无二。让那些浓眉大眼、唇红齿白的英俊小生嫉妒得牙根直疼。

要想活得让人嫉妒，除了美貌，其他都需要有过人的才能，超人的付出，不懈的努力，还要加上机遇，才能心想事成。倘若没有苏秦的悬梁刺股，没有李白的铁杵磨针，没有曹雪芹的宵衣旰食，没有马云的敢为天下先，没有葛优的苦心孤诣，没有袁隆平的殚精竭虑，没有俞敏洪的独辟蹊径，没有王立群的勤学苦练，想让人嫉妒就是一句空话。

一个人如果从来没被人嫉妒过是悲哀的。我服膺这句话：宁让人嫉妒，不让人可怜。

要坐对“椅子”

古人有一首著名的咏史诗：“隋炀不幸为天子，安石可怜作相公。若使二人穷到老，一位名士一文雄。”隋炀帝杨广才华出众，诗文俱佳，如果他没当皇帝，按着自己的爱好发展下去，很可能会成为一个著名的诗人。而王安石倘若不当宰相，一心为文，肯定能在文学方面获得更大成就，写出更多有影响的文章，可惜他的大部分精力都放在朝政纷争上，干了一大堆力不从心又出力不讨好的事。从根上讲，他们的悲剧就是没坐对椅子。所以，西哲有一句很到位的至理名言：人才就是坐对椅子的人。

还有曹植，才高八斗，满腹锦绣，骨子里明明是个文人，偏也想坐坐龙椅，尝尝南面称帝的味道，幸亏哥哥曹丕当了他的“牺牲品”，这才使得曹植坐对了椅子，一门子心思去当他的文人，雕琢文章，撰写诗篇，苦心孤诣，殚精竭虑，终于成了远比父兄文学成就更大的诗人。设若他取代曹丕坐了龙椅，就依其柔弱性格、文人习性，皇帝未必能当好，诗文估计也难再有什么佳作名篇了。

而明熹宗却对坐龙椅没兴趣，对当木匠心向往之。大臣们硬把他塞到龙椅上，他就来个消极怠工，天天猫在后宫里干木匠活，斧锯刨凿无所不精，手艺比外边的能工巧匠还高。这绝对是历史一大悲剧，一个不想坐龙椅的人偏偏不得不坐，他想坐木匠那把椅子，又碍于皇室体面、名声让他不能坐，他就不务正业，拿国家大事当儿戏。最终结果是两头耽误，少了一个可能会成为鲁班级的木匠大师，多了一个昏庸无能、无心朝政的糟糕皇帝。

胡适先生早年留学归来，一心要搞学问，曾发誓20年不过问政治。设若按自己原先的思路去发展，以他的学养和潜质，本可以成为历史研究方面的泰斗，哲学研究方面的大师，可惜他心志不坚，不甘寂寞，学术椅子没坐几年，就跳到污浊的官场政治椅子上，热衷于当大使，当院长，还曾试图竞选总统。结果是政治没搞好，弄得一团糟，学问也丢得差不多了，历史研究、哲学研究都虎头蛇尾，搞了一半就扔下了，实在可惜。虽然，他有一堆博士头衔。

我们常把逼着人去干那些并不适应的工作称之为“赶着鸭子上架”，他就是硬着头皮去干，心情不舒畅，也难以发挥最佳状态，最后结果是工作没干好，把一个人的前程也耽误了。还有一种情况是自己对自己的定位不准，不知道自己究竟适合干什么，看见什么热闹、什么引人注目、什么油水厚、什么名利大就干什么，其实那未必适合你，一旦坐错椅子，人才也就成了庸才，聪明人也成了糊涂虫，再回头就晚了。

达尔文的父亲曾逼他去坐神父的交椅、医生的交椅，挣钱多且名声好。但他知道那都不是自己适合的椅子，所以，宁肯很“没出息”地和花花草草、虫虫兽兽打交道，最后成了一代大师，创立了被誉为19世纪三大发现之一的进化论。而进化论就有一个基本观点叫“物竞天择，适者生存”，如果再进一步把这个观点引申到选择工作上，适者才能成功，适者才会幸福，适者也就是坐对椅子的人。

椅子也没有高低贵贱之分，只有是否适合之别。因而我们在选择椅子时，一定要不慕虚荣，不赶潮流，不被旁人所左右，从自己的实际出发，尽可能把爱好、特长、理想与椅子结合起来，干自己喜欢干的事、擅长干的事，以求一个人尽其才，求一个心情舒畅，而不必管别人的飞短流长，不在乎舆论的说三道四，坐稳你的椅子让人说去吧，千万勿蹈隋炀帝与王安石的覆辙。

不自卑的“秘诀”

人是很奇怪的动物，时而自卑，时而自得。自得时老子天下第一，本事过人，成就超常，谁过得都不如我；自卑时则觉得处处不如人，事事都窝囊，头都抬不起来。其实，人的自卑多是自找的，要想不自卑，就要不去那不该去的地方，不交那不该交的朋友，不看那不该看的书，不听那不该听的信息等。

不去逛专卖奢侈品的名店。天价商品，反正你买不起，也不准备买，干吗还去那些地方看富人一掷千金给自己添堵。不妨学学苏格拉底，人家苏老师从不逛市场，有一回被他的学生硬拉着逛了一次市场，回来后感叹说，啊，市场上竟然有那么多我不需要的东西！

不参加变了味的同学会。毕业数十年过去，同学们分成了天上地下，有的成了大款，趾高气扬，有的成了大官，颐指气使，坐在一起，就显出了山高水低，尊卑荣辱。你我何必再去凑那个热闹，吃一顿五味杂陈的饭，看一幕官、钱、权、势的“华山论剑”，受一番人比人气死人的羞辱。

不出席世态炎凉的校庆。兴冲冲去母校为校庆捧场，没想到人被分成三六九等，有钱有权的校友，被热情接送，前呼后拥，高坐主席台上，风光无限；普通校友，随便在底下找个位置填空，连顿饭都没人管，吃住一概自理。参加一次校庆，回来闷闷不乐好几天，那又何必自取其辱。

不看那些夸大其词的名人传记。名人传记，特别是当代名人传记，活着的名人传记，往往水分太大，名人常被吹嘘得无所不能，品行好得如同尧舜禹汤，学问大得超过孔孟老庄，才华高得胜过班马李杜。这种东西看多了，就会自惭形秽，心情压抑，把自己看得一无是处，结果是自寻烦恼。

不问人家工资收入。当然，问了人家也未必告诉你实情，周围的朋友、同事，问不问都心里有数；若真遇到个工资高的，一问人家，零头都比你高，先是吓你一跳，继而悲从中来，不由觉得自己做人也太失败了，活着还有啥意思，您说这自卑不是自找的吗?

不关注他人消费水平。同事一身世界名牌行头来上班，顾盼自雄，满面春风；朋友开了一辆豪华轿车来聚餐，傲睨天下，洋洋自得；就等着你来问询，好告诉你一个天价，以看看你羡慕的眼神，满足他的虚荣心。可你就装着没看见，偏偏不理不睬，急死他，憋死他，反正气死人不偿命。

不看财富排行榜。无聊之人偏干无聊之事，每年推出的财富排行榜即属此类，半是炒作造势，半是故弄玄虚，千万不要信以为真，也别把它当回事，权当它是自娱自乐吧。况且，日食三餐，夜眠八尺，一个人所用所需有限，要那几十亿、上百亿干什么?

不交富贵朋友。北京有个作家说得好，不与富人交，我不穷；不与权贵交，我不贱。所论确系真知灼见，深得我意。当然，你就是去巴结富贵朋友，人家还未必看得上你呢；即便高攀上了，“朝扣富儿门，暮随肥马尘”，换来的也不过是“残杯与冷炙，到处潜悲辛”。人以群分，物以类聚，啥时候这个道理都不过时。

相反的是，要多回农村老家看看，多和当初一起玩泥巴的朋友聊聊天，到他们家里坐坐，和他们一起用些家常便饭，看看他们的生活条件、收入状况，你一定会特别满足，幸福指数骤升。不过，也别在人家面前装阔充贵，摆出衣锦还乡的架势，用你的得意换人家的自卑，那也挺无聊。

若能实践以上“秘诀”，自卑一定会离你而去，不妨一试。

有时候你得“目中无人”

京剧大师梅兰芳平时是个很谦恭的人，见人十分和气，常主动和人打招呼，毫无大名角的架子。可是当他一扮上戏妆，就立刻变得“目中无人”，看人的眼神是直的，别人和他打招呼，他也不回应，因为他已经提前入戏，全身心都在戏中，人与角色融为一体。戏班子都熟悉他这一特点，知道这时候绝不能打扰他，让他聚精会神地温戏。

著名作家二月河谈到自己的创作体会时说，当作家的，在写作时一定要目中无人，提起笔来，老子天下第一，放下笔后，小子天下老末。他就是以这种“目中无人”状态，在历史帝王小说方面独步天下，无人可及。而在现实生活中，二月河就和一个普通的老农一样，常在街头看人下棋，和人聊天，到菜市场与小贩讨价还价，随和、简朴，平易近人。

这两位成功者的共同经验之一，就是要“目中无人”。“目中无人”常被当成贬义词，谁要是被说成目中无人，在人们心目中，他就是一副狂妄自大、骄傲自满的样子，如果这是一个人的常态，每天每时都是这样，眼睛长在额头上，见谁都不理不睬，那也确实很让人讨厌，很难与人相处。但是，一个人在刻苦学习时，在

精心创作时，在科研攻关时，在激烈竞赛时，如果做不到“目中无人”，常被别人干扰，心里老想着张三、李四，常有人影在眼前晃动，就很难聚精会神，无法轻装上阵，自然也不会与成功有缘。

“飞人”刘翔在比赛时，如离弦之箭向前飞奔，眼睛只有百米开外的横线，最多用余光扫一眼两边的对手，只有当他目中无人了，才能一骑绝尘，首先撞线。如果他“目中有人”了，那也就意味着他被人超越了，他就只有屈居人后的份儿了，庆幸的是，这种情况眼下还不多见。

演员在台上演戏时，台下是一片黑，全部灯光都打在台上，打在演员身上，演员往台下看时是看不见人的，这其中一个重要目的，就是要让演员目中无人，全神贯注地演好自己的角色，不被台下的各种情况所左右。

央视《百家讲坛》是眼下最引人注目的一档电视节目，登上讲坛的既有大名鼎鼎的作家，学富五车的教授，也有名不见经传的讲解员，初出茅庐的小导游。而对于一个年轻新手来说，要想讲得成功，发挥出自己的水平，也须做到目中无人，唯我独尊。在轮到你发言时，就别再想着什么于丹、易中天，我就是老大，我就是主角，别人都靠边站。反之，如果那些名家的身影老在你面前晃悠，你这一讲肯定要讲砸。

“目中无人”，在这里其实就是高度自信，就是全神贯注，就是心无旁骛，就是“虽千万人吾往也”，倘若进入不了这种状态，固然工作也能应付，考试也可过关，事业也能小进，但绝成不了大师、巨匠、名家、大腕。当然，目中无人的状态，最好只限于你在工作学习竞赛表演的这一段时间，平时还是要目中有人，礼貌待客，和气对人，笑容可掬，谦恭一些为好。

人生总得爆发一回

人这一辈子，如果一直平平淡淡、按部就班、风平浪静、无惊无险，那也很遗憾、乏味。无论如何，总得“爆发”上一两回，即所谓“寻常看不见，偶尔露峥嵘”，以一展平生所学，建奇功、立绝学、创精品，一举成名天下闻。

“爆发”，就是一个人在特殊时期，在极短的时间里，迸发出极大的能量，达到自己人生的高峰，作出一生中最重要的贡献，创作出一生最有代表性的作品，就像油田的井喷一样。

据传，老子一辈子默默无闻，50岁那一年，连个小芝麻官也丢了，就骑着青牛，离开家乡西行，到秦国去讲学。过函谷关时，被关令尹喜给截住了，要他留点东西再走，于是就有了函谷关前那一次大“爆发”，留下了伟大著作《道德经》。老子的“爆发”，用了两天时间。

法国天才数学家伽罗华，21岁就死于非命，在临死前一夜，他有了一次总“爆发”。他知道第二天必死无疑，就一夜无眠，把自己生平的数学研究心得扼要写出，并附以论文手稿。特别是他在天亮之前那最后几个小时写出的东西，为一个折磨了数学家们几个世纪的问题找到了真正的答案，并且开创了数学的一片新天地，提出了“群”的概念，用群论改变了整个数学的面貌。伽罗华的“爆发”，用了一夜光阴。

《黄河大合唱》则是诗人光未然和音乐家冼星海共同“爆发”的结果。1939 年暮春，光未然躺在延安的医院里，用 5 天时间写出了全部歌词。接着，冼星海在小窑洞里谱曲，花了 6 天时间，中华民族音乐史上的不朽杰作，就这样问世了。这既是中国音乐史上的一座丰碑，也是他们自己一生创作的最高峰。

安史之乱时，大书法家颜真卿听到他最喜欢的侄子牺牲的消息后，五内俱焚，痛不欲生，愤怒情绪无以排遣，抓起狼毫，笔走龙蛇，一气呵成，写下了著名的《祭侄帖》。悲愤之情，溢于字里行间，抒发得淋漓尽致，被后人誉为天下第二行书，成为颜真卿书法创作的一个高峰。

芸芸众生，名人和常人的一个重要区别，就是平时看着大家似乎都一样，但是名人一生总有那么一两次成功的“爆发”：突然地一鸣惊人，突然地鹤立鸡群，突然地与众不同，“突然一峰插南斗”。

当然，“爆发”看似只有几天甚至更短时间，其实，可能是一个人数十年努力积累的结果，甚至可能是一生不懈奋斗的一个总结，所谓得之在瞬间，积之在平时。也就是说，“爆发”固然需要灵感，需要激情，需要过人的智慧，需要能把握机遇的机敏，但更需要数十年如一日扎扎实实地工作，认认真真地积累，苦心孤诣地研究。这样，一旦遇到天时、地利、人和俱备，便能“该出手时就出手”，实现自己人生的重要“爆发”，攀登上自己人生的最高峰。

英雄不怕出身低

邻人有佳公子，高大英俊，但志大才疏，又挑肥拣瘦，大学毕业后两年没找到合适工作。因为他不愿意从基层干起，不愿意到小公司工作，不愿干伺候人的活，至今还在寻寻觅觅，没有着落。父母着急，求我说，你是文化人，见多识广，与我儿子谈谈，开导开导他。我知道自己的斤两，没敢大包大揽，只答应说试试。为了说服他，我找了不少资料，就是想告诉他，英雄不怕出身低，不妨先找一份工作干着，然后再图发展。

你不是想从政吗？你可知道美国前总统卡特出身木匠，手艺出色，退休后还不忘旧技，经常帮邻里修理门窗；美国前总统里根则是演员出身，跑龙套的，连主要配角都算不上，可人家干得兢兢业业，一不留神就成了美国总统。中国历史上那就更多了，刘备早年织席贩履，是个走街串巷的小商贩；朱元璋讨饭出身，后又当了几天和尚，最终都成了一代枭雄。

听说你还想当作家，这也是好事。可你是否知道，著名作家高尔基是工厂学徒出身，连小学都没有毕业，却写出了那么多世界名著；沈从文是当兵出身，也没读过几年书，靠着不懈奋斗，硬是成了闻名世界的大作家。此外，海明威是记者出身，托尔斯

泰是行伍出身，契诃夫是医生出身，杰克·伦敦是水手出身，他们殊途同归，都成了著名作家。

如今就数经商最时髦、来钱快、名声响，可那些商界巨擘大都是从基层摸爬滚打出来的，没有谁是一步登天的。李嘉诚第一份工作是茶楼跑堂，霍英东第一份差事是渡轮加煤工，洛克菲勒最早是干销售员的，包玉刚是银行职员出身，他们就是从这里出发，奋斗数载，成为世界巨富。

干艺术也不错，既风风光光，又轻轻松松，走到哪里都是鲜花掌声，蹦蹦跳跳、写写画画就能大把挣钱。可您知道吗，那些大腕名家，也大都身世坎坷，是一路奋斗来的。巩俐、赵薇是幼儿园老师出身，齐白石是农村雕花匠出身，孙红雷是跳街舞出身，赵本山是民间艺人出身，成龙是武师出身，张艺谋是工人出身，他们后来都成了大器，红得发紫。

科学家是最受人尊敬的，功在当今，造福后代，可许多科学家也是出身贫寒、半路改行而来的。数学家华罗庚是商店伙计出身，化学家法拉第是学徒出身，发明家爱迪生是电信报务员出身，物理学家爱因斯坦是专利局公务员出身，卑微的出身没有挡住他们前进的步伐，他们都成了科学巨匠，名扬中外，彪炳史册。

你是个有远大志向的青年，我很赞赏。但你别忘记，将军出于卒武，宰相始于小吏，如果一时找不到能施展身手的工作，不妨先找个一般的工作，一边工作，一边寻找机会。而且，条条大路通罗马，只要你有真才实学，是金子早晚会发光，再卑微、再无足轻重的岗位，都会是你日后腾飞的阶梯，你将来的成功也会再次验证这句名言：英雄不怕出身低！

这番话能否说动邻家公子，我实在没把握，就先写在这里，求教于各位方家。

人可以貌相

俗话说，人不可貌相，海水不可斗量。的确，海水浩瀚，无法用斗来测量；论人识器，不能以外貌为审视标准。但实际上，在多数时候，人是可以貌相的。慈眉善目者多为良善好人，凶神恶煞者多系匪盗流氓，仪表堂堂者磊落君子居多，其貌不扬者大多猥琐——只是当我们依照一般标准判断失误后，才会发出一声喟叹：人不可貌相。

“人可以貌相”，如果说一般人是阅历丰富后的经验之谈，科学家则是建立在严谨数理统计基础上的科研成果。据发表在《英国皇家学会会志：生物科学》上的一项最新研究显示，男人脸部宽度和长度的比例越大，越有可能进行不道德行为。而这种宽高比，部分原因是由男人体内睾酮激素的增加和积聚引起的，睾酮激素在决定男人面部的宽高比上扮演着重要角色。以美国总统为例，拥有高宽高比的有肯尼迪、尼克松、克林顿等，都是有道德污点的；反之，低宽高比的华盛顿、林肯、罗斯福，则都是道德楷模。

“人可以貌相”，还因为“世事无相，相由心生”（《无常经》），就是说有什么样的心境，就有什么样的面相。一个人的修养、胸怀往往可以从其面相中看出来。唐朝裴度少时品行不端。一行禅师看了裴度的面相后，发现他印堂发暗，嘴角纵纹延伸入口，恐

有牢狱之灾，劝勉他积德修善。裴度依教奉行，日后又遇一行禅师，大师看他目光澄澈，面相完全改变，告诉他以后必可贵为宰相。裴度前后面相不同的变化差别就是因其不断修善、断恶所致。

老外也信这个。一次，林肯总统亲自面试一位中年应聘者，学历、能力、履历都不错，却没有录用。幕僚问他原因，他说："我不喜欢他的长相！"幕僚非常不解地问道："难道一个人长得不好看，也是他的过错吗？"林肯回答："一个人40岁以前的脸是父母决定的，40岁以后的脸却是自己决定的，他要为自己40岁以后的长相负责。"林肯的话是很有道理的，那些心理阴暗、心胸狭窄的人，反映在貌相上，也决不会是阳光灿烂的。

宋初陈希夷说："心者貌之根。"德国哲学家叔本华也说过："人的外表是内心的图画，相貌表达了人的整个性格特征。"还记得云南大学那个杀人犯马加爵吧，据当时给他照过毕业照的摄影师回忆：拍照时他看了马加爵的模样，就隐隐约约觉得这孩子早晚要出事，因为镜头面前的他眼露凶光，面带杀气。确实，此时的马加爵因常被同学取笑，早已气愤难平，怒火中烧，急于寻求渲泄。当马加爵行凶外逃时，公安部门的通缉令是这样描述他外貌的：方脸，高颧骨，尖下巴，凹眼，蒜头鼻，大嘴，下唇外翻。这个相貌，不仅有父母遗传的丑陋，更有后天的凶残心性在外貌的显露。

当然，如果一味地以貌取人，确实会因识人不准而失之偏颇。曹操是个"外貌协会"铁杆成员，见到来献益州地图的张松，因觉得他面貌丑陋，就不甚喜欢。张松愤而转投刘备，帮刘备成就了三分天下的基业，令曹操后悔不迭。

大千世界，人海茫茫，什么类型的人都有。有心貌同一的，或气宇轩昂而雄才大略，或貌美心美内外兼修，或长相愚钝心亦糊涂；也有心貌迥异的，或其貌不扬却大智若愚；或貌似天仙却毒似蛇蝎，或貌似忠厚实则奸诈，究竟是哪类人物，是否可以貌相，那就靠您的一双慧眼了。

2

第二辑

自强不息篇

“八倍的辛劳”

美国前国务卿赖斯，其奋斗史颇有传奇色彩，短短二十多年，她就从一个备受歧视的黑人女孩成为世界著名外交家，奇迹般地完成了从丑小鸭到白天鹅的嬗变。有人问她成功的秘诀，她简明扼要地说，因为我付出了“八倍的辛劳”。

赖斯小的时候，美国的种族歧视还很严重，特别是在她生活的伯明翰，黑人地位低下，处处受白人欺压。赖斯10岁时全家到首都游览，却因身份是黑人，不能进入白宫参观。小赖斯倍感羞辱，她凝神远望白宫良久，然后回身一字一顿地告诉父亲：总有一天，我会成为那房子的主人！赖斯的父母很赞赏她的志向，就经常向她灌输这样的思想：改善黑人状况的最好办法就是取得非凡的成就，如果你拿出双倍的劲头往前冲，或许能赶上白人的一半；如果你愿意付出四倍的辛劳，就得以跟白人并驾齐驱；如果你愿意付出八倍的辛劳，就一定能赶在白人前头。

为了能“赶在白人前头”，她数十年如一日，以超过白人“八倍的辛劳”发奋学习，积累知识，增长才干，“苦其心志，劳其筋骨”“增益其所不能”。普通美国白人只会讲英语，她则除母语外还精通俄语、法语、西班牙语；普通美国白人大多只能进一般大学学习，她则考进名校丹佛大学拿到博士学位；普通美国白人26岁

可能研究生还没有读完，她已经是斯坦福大学最年轻的教授，随后又出任了斯坦福大学历史上最年轻的教务长；普通美国白人大多不会弹钢琴，可她不仅精于此道，而且还曾获得美国青少年钢琴大赛第一名；此外，她还精心学习了网球、花样滑冰、芭蕾舞、礼仪，白人能做到的她要做到，白人做不到的她也要做到。最重要的是，普通美国白人可能只知道遥远的俄罗斯是一个寒冷的国家，她却是美国国内数一数二的俄罗斯武器控制问题的权威。天道酬勤，功不唐捐，“八倍的辛劳”带来了“八倍的成就”，她终于脱颖而出，一飞冲天。

人生在世，我们都渴望建功立业，也希望参与公平竞争，但事实上，世界上真正的公平竞争很少，总有这样那样的非公平因素在其中作梗捣乱。那么，要想在竞争中获胜，又不搞邪门歪道，那就只有笨鸟先飞，锲而不舍，靠比别人花费更多的时间和精力；像赖斯那样，“焚膏油以继晷，恒兀兀以穷年”，付出“八倍的辛劳”，以比别人大得多的无可争议的优势来取胜。

所以，如果身处逆境时，你可以埋怨生存环境不好、竞争不公平、别人对你歧视、受到不公正待遇等，那的确是事实，也很令人同情；可那些东西既非一时半会儿能彻底改观，也非个人之力能扭转乾坤。所以，更重要的是我们应该通过自己的不懈奋斗，通过“八倍的辛劳”，来最大限度地完善充实自己，千方百计提高自己的竞争实力，占据知识的制高点，使自己成为一流或超一流人才。到了那时，你的面前就会一路绿灯，先前困扰你的种种麻烦羁绊，就会统统都被踩在脚下，譬如赖斯，家乡那些曾经歧视羞辱过她的白人，后来不是一个个奉若神明般地把她视为家乡的骄傲吗？请务必记住一句话，是金子总要发光，但首先你一定要是金子。

有耕耘就有收获，一个急切渴望成功却又总与成功无缘的人，无须怨天尤人，不妨先问问自己：你是否付出了“八倍的辛劳”？

两块石头的对话

夜深人静，万籁俱寂，寺庙里的两块石头在小声交谈。铺在地上当台阶的一块石头向被雕成佛像的另一块石头抱怨说："咱俩从一座山来，瞧你现在多风光，每天都有那么多人跪在你脚下顶礼膜拜。我怎么那么倒霉，每天被人踩来踩去，又脏又累，石头和石头怎么那么大差距呢？"被雕成佛像的那块石头略一沉思，慢悠悠地说："老兄，别忘了，进这座庙时，你只挨了四刀，我可是挨过千刀万剐呀！"

石头如人。纵观古今中外，遍阅典籍史册，那些有大成就、大功德、大名声、大造化的成功人士，哪一个不是吃尽千辛万苦，受尽百般磨难，最后才能修成正果，成名成家？未经磨难而侥幸成功者也不能说绝对没有，但却凤毛麟角。套用王国维先生的话来说，也正是有了"衣带渐宽终不悔"的百折不挠，有了"为伊消得人憔悴"的矢志不渝，才会有最后"众里寻他千百度，蓦然回首，那人却在灯火阑珊处"的喜出望外。

人们无不羡慕那些战场名将的风采，羡慕他们胸前五颜六色的勋章，但扒开衣服看看，哪个不是伤痕累累，九死一生？"将军百战死，壮士十年归"，就是其生动写照。也有许多人崇尚那些

商界巨子、金融大鳄，翻翻他们的奋斗史，哪个不是久经沙场，几起几落，盐水泡三次，碱水再泡三次。而且，这还都是少数最后获得成功者，至于那些虽也经历了“千刀万剐”，最后却功败垂成者、功亏一篑者，那就更多了。

《红楼梦》第八十二回里，袭人开导宝玉说：“成人不自在，自在不成人。”貌不惊人的小丫头嘴里，有时也有千古真理呀！想想历朝历代那些经历“千刀万剐”而劫后余生的名人吧，真可以排成长队：“文王拘而演《周易》”，并为后来武王伐纣换取了时间和空间；勾践卧薪尝胆20年，一举复仇成功；孙膑被害身残，侥幸逃得一死，最终消灭劲敌，写成不朽兵法；苏秦饱受凌辱，众叛亲离，因而悬梁刺股，发奋苦读，后来携六国相印，辉煌一时；韩信强忍胯下之辱，战胜种种磨难，终成百万大军统帅；司马迁惨遭宫刑，忍辱偷生，书成“无韵之《离骚》，史家之绝唱”……他们无不饱经磨难，“千刀万剐”，每一刀都鲜血淋漓，每一刀都痛彻心扉；同时，每一刀又都是他们迈向成功的一级台阶，每一刀都让他们离成功近了一步。

现代人也是如此，谁也不会轻轻松松就成功。电视剧《士兵突击》里的男主角许三多，为了笨鸟先飞，在工作训练中，汗水比别人多流十倍，力气比别人多费十倍。战友的不解，领导的白眼，他都顶住了；冷嘲热讽，嫉妒歧视，他都忍受了。“千刀万剐”面前，他抱定的宗旨是“不抛弃，不放弃”。经过千锤百炼，他终于从一个糊里糊涂的农村孩子，成长为一名优秀的特种兵，军事尖子，部队建设的宝贵人才。

人往高处走，水向低处流。大千世界，芸芸众生，谁都渴望人生辉煌，成名成家，谁都想当庙里那块高高在上的石头佛像，不想当那块被人踩来踩去的台阶石，这想法没错，志存高远，值得鼓励。可你得先做好了“千刀万剐”的思想准备，你要忍受住那深创剧痛的“千刀万剐”。

竭尽全力

冬天，猎人带着猎狗去打猎。猎人一枪击中野兔后腿，受伤野兔拼命逃生，猎狗穷追不舍。可追了一阵子，猎狗实在是追不上了，只好悻悻回到猎人身边。猎人气急败坏地说：“你真没用，连一只受伤兔子都追不到！”猎狗很不服气地辩解道：“我已尽力而为了呀！”兔子成功逃生，兄弟们围过来惊讶地问它：“那只猎狗很凶呀，你又受了伤，是怎么甩掉它的呢？”野兔说：“它是尽力而为，我是竭尽全力呀！它没追上我，最多挨一顿骂，而我若不竭尽全力地跑，可就没命了呀！”

无论是谁，要想干成一件像样事情，想取得事业的成功，尽力而为还不够，必须要竭尽全力。平心而论，一个人做事从业能做到尽力而为已是难能可贵了，可聊以自慰，无愧于人，但如果想出类拔萃，创造奇迹，想挽狂澜于既倒，那就非竭尽全力，殚精竭虑不可。所谓“天道酬勤”，并不是一般的努力就能获得上天垂青的，必须苦心孤诣，宵衣旰食，有点鱼死网破的拼命精神才行。

自然界里，狗急了会跳墙，兔子急了会咬人，大马哈鱼九死一生游到产卵地，斑头雁千辛万苦飞越喜马拉雅山避寒，非洲角马大军不惧危险迁徙到有草吃的地方，为了生存，为了繁殖后代，它们都要竭尽全力，否则就会冻死、饿死、被打死。

人是万物之灵，当然是更有巨大潜能的。心理学家指出，常

人的潜能只开发了2%至8%左右，即便像爱因斯坦那样伟大的科学家，也只开发了12%左右的潜能。一个人如果开发了40%的潜能，就能背诵400本教科书，学完十几所大学的课程，掌握二十来种不同国家的语言。所谓尽力而为，实际上就是仅仅发挥了一般意义上的才干和努力；而竭尽全力，则是挖掘了可能挖掘到的潜能，毫无保留。尽力而为是按部就班，竭尽全力是废寝忘食；尽力而为是中规中矩，竭尽全力是打破常规；尽力而为是正常发挥，竭尽全力是超常发挥。项羽的“破釜沉舟，百二秦关终属楚”，勾践的“卧薪尝胆，三千越甲可吞吴”，红军的飞越大渡河，抢夺泸定桥，邓小平要求特区领导：“你们自己去搞，杀出一条血路来。”他们都是竭尽全力，也都取得了辉煌成就，创造了人间奇迹。

大千世界，滚滚红尘，人人都渴望事业成功，其成败如何，固然要受制于多种因素，但最重要一点就是投入时间精力血汗的多少，那些青史留名的成功人士，几乎无一不是竭尽全力，心无旁骛。牛顿忙于科研和“仰望星空”，一生连恋爱都没顾得上谈；马克思长年遨游于理论思维的海洋乐不思返，最后病逝于书桌前；爱迪生直到80岁高龄，每天都要工作16个小时；为研制“东方神药”青蒿素，屠呦呦带领团队夜以继日，加班加点，经历了190次失败之后，终于打开成功之门；在北京奥运会上大放异彩的“飞鱼”菲尔普斯，长达近20年里每天要接受大运动量的“魔鬼训练”……

总有一些不得意者怨天尤人，怨父母没有给自己生个天才脑袋，怨机遇之门老是对自己关闭，其实，老天不会格外青睐谁，所谓天才，“就其本质而说，只不过是一种对事业、对工作过盛的热爱而已”。（高尔基）所谓机遇，无非是“衣带渐宽终不悔，为伊消得人憔悴”后的“蓦然回首，那人正在灯火阑珊处”。而且，也没有谁能轻轻松松成功，所谓“谈笑间，樯橹灰飞烟灭”，那也只是东坡居士的浪漫想象，如果没有吴、蜀全军将士的竭尽全力，拼死抗争，等待周公瑾的只能是“铜雀春深锁二乔”的悲剧。

学学"马桶精神"

每日出恭，因有便秘隐疾，我便与马桶"肌肤之亲"时间较长，百无聊赖之际，便常胡思乱想。

突然想到，天生万物，各有所长，即便不会说话、没有生命的家用器具，也有人所不及值得效法之处。譬如每日我们都离不开的抽水马桶，默默无闻，任劳任怨，偏居一隅，无私奉献，虽是大俗之物，却有大雅之处，如果总结升华起来，还颇有些美德值得我等借鉴学习哩。

一按就光的豁达气度。这是最值得我们佩服的一点，不论人们给它带来多少污秽腥臭，人家从不计较在意，耿耿于怀，也不怀恨在心，伺机报复，而是一按按钮便一冲而光，不留任何痕迹，不存一点芥蒂，依然是光洁如新，胸襟坦荡。反观举世之人，或纠结于鸡虫得失，或郁闷于多年恩怨，豁达至此，请问几人能够做到？

宠辱不惊的平等意识。每日里与马桶打交道的，上有王公贵族，亿万富翁，下有贩夫走卒，引浆卖车者流，人家都是一视同仁，既不因接纳显贵而屈膝俯就，阿谀谄媚，也不因遇到平民百姓就颐指气使，倨傲凌人，一概是热情服务，有求必应，不卑不亢，进退有度，足令世上那些势利小人汗颜羞愧。

忍辱负重的博大情怀。马桶承接的客人，除一般人物外，还有大腹便便的肥人，身高体重的壮汉，身怀六甲的孕妇，人家虽如牛负重，却从无怨言，从不挑剔，踏踏实实为每一个客人服务，兢兢业业做好自己的本分工作。让人急急而来，满意而去，无后顾之忧，能轻松上阵，马桶功不可没，却从不言功，亦不争宠，甘当无名英雄。

自甘寂寞的坚毅性格。马桶置于偏室，平时无人问津，且光线阴暗，空气不洁，难见主人笑脸，更乏宽慰之词，人家却无怨无悔，与世无争，默默坚守工作岗位，“不以物喜，不以己悲”。而且，虽终日与粪便为伍，饱受玷污，却出污秽而不染，洁白如玉，虚怀若谷，体现了君子心胸，高士操守。

严守机密的职业道德。别看马桶平淡无奇，貌不惊人，每日和它打交道的，有红得发紫的文体明星，有如日中天的权贵政要，有腰缠万贯的商界巨擘，有粉丝无数的诗人作家，可经常目睹狗仔队、小报记者、窥探者急于得到的各种隐私、花絮、秘闻，却能守口如瓶，从不外露，为客户严守秘密，给多少钱也不说。职业道德之高，令人肃然起敬。

人自恃为万物之灵，其实，与万物相比有许多逊色之处，大可放下架子，师法万物，取长补短。陶渊明羡菊之淡雅，苏东坡慕竹之节操，周敦颐爱莲之高洁，林和靖思梅之坚贞，还有米芾以石为师，都受益匪浅，亦成一时美谈。咱们不妨学学马桶的气度、胸襟、情怀、心性，潜心修炼，或许你也能成为令人尊敬的谦谦君子。

舌头在，就够了

春秋战国时，张仪在楚国令尹手下当差。一次，令尹家丢失了一块名贵的璧，怀疑是张仪偷的，把他抓起来打个半死。被抬回家后，妻子痛哭流涕。想不到，张仪苏醒过来后张开嘴，居然问妻子说："我的舌头还在吗？"妻子回答："舌头当然还长着。"张仪说："只要舌头在就够了。"后来，张仪到了秦国，凭他的三寸不烂之舌，得到秦惠文王的信任，当上了秦国相国。又巧舌如簧，四处游说，粉碎了六国抗秦联盟，为秦国统一立下汗马功劳。

1972 年，新加坡旅游局给时任总理李光耀打了一份报告说，新加坡不像埃及有金字塔，不像中国有长城，不像日本有富士山，不像夏威夷有十几米高的海浪，除了一年四季直射的阳光，什么名胜古迹都没有，要发展旅游事业，实在是"巧妇难为无米之炊"。

李光耀看过报告后，在报告上批了这么一行字，写道："你还想让上帝给我们多少东西？阳光，有阳光就够了！"后来，新加坡利用那一年四季直射的阳光，大量种植奇花异草，名树修竹，在很短的时间里，就发展成为世界上著名的"花园城市"。此后，连续多年，新加坡的旅游收入位列亚洲第二。

21 岁时，霍金不幸患上了会使肌肉萎缩的"卢伽雷氏症"，医生告诉他，病情发展到最后，可能会全身瘫痪。霍金问："会不会影响大脑？”医生说那倒不会。霍金很镇定地说：“只要有大脑就够了。”后来，霍金果然全身瘫痪，而且失去了语言能力，但他却凭着天才的大脑，在极其困难的条件下，取得了一系列令世人惊异的科研成就，出版了《时间简史》等名著，成了继牛顿和爱因斯坦之后，最杰出的物理学家之一，被世人誉为“宇宙之王”。

可见，不论是国家和地区的事业发展，还是个人的成功，拥有各种优厚的条件固然是幸事，但是若没有天时地利人和，只要自己拥有一两样过人之处，并将其充分放大，用到极致，也一样能心想事成，收获成功。譬如说，发展旅游业，杭州靠一个西湖，曲阜靠一位孔子，香格里拉靠一连串传说，威尼斯靠一汪海水，夏威夷靠一片沙滩，新加坡靠直射的阳光……都成了闻名遐迩的旅游胜地。

就个人发展而言，获得成功其实也不需要太多的东西。周文王演《周易》，只要有几根草棍儿就够了；苏秦、张仪纵横捭阖，靠自己的“三寸不烂之舌”就够了；司马迁“究天人之际，通古今之变”，靠一支秃笔就够了；唐三藏万里取经，只要一个“化斋钵”就够了；爱因斯坦创立“相对论”，只要有一支铅笔几张稿纸就够了；帕瓦罗蒂名传五洲，靠一副好嗓子；比尔·盖茨富可敌国，靠一个机敏的脑瓜……

人生在世，不如意者常占十之七八。你可能没有有钱有势的父母，或者没有碰上一显身手的好机遇，没有进入好大学，没有进个好单位。但一个有作为有胆识有梦想的人，会化劣势为优势，变被动为主动，扬长避短，趋利避害，把长处尽量用足，把优势尽量放大，从而战胜困难，披荆斩棘，踏上成功的坦途。所以，无论是谁，无论处于什么样的逆境，都不必怨天尤人，不必自惭形秽，不必与人盲目攀比，更不必叹息生不逢时。只要自己拥有一个不笨的头脑，具备健全的身体，干事业，兴局面，闯天下，打江山，这就足够了。上天对每个人都不薄，还想要什么呢？

“励志橙”与“反弹力”

2012年初冬，85岁高龄的褚时健先生，带着他的“褚橙”进京销售，短短两天就被抢购一空。

这倒不是说他的橙子有多好吃，而是他的特殊经历更吸引人。他曾是叱咤风云的云南“烟王”，后因经济犯罪被判无期徒刑，不仅倾家荡产，唯一的女儿也自杀了。75岁时，一身是病的褚时健保外就医，大家都觉得他去日无多了，没想到他居然承包2400亩山地种起了橙子。历经千辛万苦，6年后，他的橙子挂果了，10年后，他的橙子打进了北京。前五分钟就卖出800箱，几千箱橙子很快就卖完了。公司老板说：“如此热销，一开始我还没想明白其中原因，后来，看到一些人发微博说，吃橙子时，想到了褚老，也联想到了自己和身边一些正奋斗着的朋友，就想着要多买几箱，送给他们，褚橙已经变成了励志橙。”

“褚橙”不仅激励了许多正在奋斗的年轻人，也使一些功成名就的企业家心有戚戚焉，万科董事长王石就不胜感慨说：“褚时健75岁时，还雄心勃勃地要二次创业，我当时就想，如果我遇到他那样的挫折、到了他那个年纪，我会想什么？我知道，我一定不会像他那样勇敢。”

人生在世，有顺境，也有逆境；有高峰，也有低谷；有过五关斩六将的得意，也有走麦城的失意，顺境、高峰时的气吞斗牛，

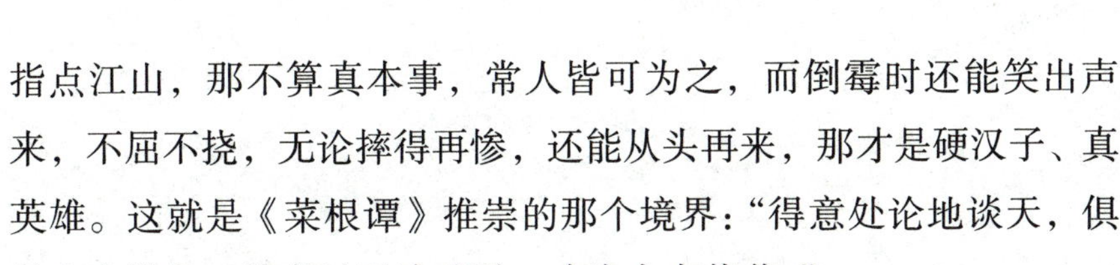

指点江山，那不算真本事，常人皆可为之，而倒霉时还能笑出声来，不屈不挠，无论摔得再惨，还能从头再来，那才是硬汉子、真英雄。这就是《菜根谭》推崇的那个境界：“得意处论地谈天，俱是水底捞月；拂意时吞冰啮雪，才为火内栽莲。”

孙中山为推翻清朝统治，屡战屡败，屡败屡战，终于拨云见日，建立共和；邓小平受到多次不公正待遇，三起三落，被誉为“打不到的小个子”，他耐心等待，积蓄力量，终于在74岁高龄时重新出山，开创了改革开放新纪元；航天英雄翟志刚，发射“神五”时，他落选了；发射“神六”时，他又落选了，经过10年不懈努力，翟志刚终于一飞冲天。企业家史玉柱，曾大获成功，1995年被列为《福布斯》中国大陆富豪第8位，也曾一夜之间负债2.5亿，走投无路。但他后来又东山再起，再次创业成为一个身家数百亿的企业家。这样的例子不胜枚举，他们的实践证实了一句老话：是金子在哪儿都会发光，是金子什么时候都会发光。更使人想起了巴顿将军的一句名言：“衡量一个人的成功标志，不是看他登到顶峰的高度，而是看他跌到低谷的反弹力！”

反弹力，需要有打不倒的顽强精神。拳击场上，被对手击倒并不可怕，只要你还能站起来，继续战斗，就有取胜的希望。人生路上，“不如意事常十之八九”，被命运击倒也是寻常之事，关键是你要有顽强的反弹力，越挫越勇，像贝多分那样，紧紧扼住命运的喉咙，被击倒100次，就101次站起来，那就没有谁能挡住你前进的步伐。

反弹力，需要有百折不挠的韧劲。蒲松龄的名联：“有志者事竟成，破釜沉舟，百二秦关终属楚；苦心人天不负，卧薪尝胆，三千越甲可吞吴。”就是韧劲的最好写照。韧劲，要有王昌龄“不破楼兰终不还”的决心，有郑板桥“咬定青山不放松”的气概，有许三多“不放弃，不抛弃”的信念，有范文澜“板凳要坐十年冷”的精神，水滴石穿，矢志不渝，就一定会迎来“柳暗花明又一村”。

杰出都是“熬”出来的

坊间有一本书《伟大是熬出来的》卖得挺火，我翻了翻，觉得所言固然都有道理，但毕竟“伟大”离我们老百姓太远，没法学，对平民百姓而言，能做到“优秀”就不错了，或再进一步，做到“杰出”，也比较可行。不过，即便是杰出、优秀，也不是白给的，同样也是熬出来的，没有谁能轻轻松松就“杰出”。

说到熬，我们很自然就会想到“多年的媳妇熬成婆”的老话、“熬了十几年才熬了个副科级”的说法。当然，这还都远谈不上“杰出”，要想走到杰出的高度，恐怕需要更多的时间来打造。马尔克斯被公认是可以盖棺而论的伟大作家，莫言现在还是“杰出作家”，离伟大还有距离。从一般作家熬到杰出作家，他用了30多年的时间，其间甜酸苦辣一言难尽，有低谷，有逆境，摔过跟头，走过麦城，但他毕竟熬出来了。还有那些杰出科学家，没有个几十年的积淀、酝酿，厚积薄发，就不足以成其事，但看两院的那些泰山北斗，看看每年的国家最高科技奖得主，哪个不是白发苍苍，老态龙钟？

熬，除了需要足够长的时间来陪伴，还需要足够多的成绩来积累。就说搞学问吧，一个学者的学术成就、学术声望、学术地位

都需要长期积累，东西积累够多了，成果积累够大了，人也就自然而然“杰出”了。杰出医生吴孟超，曾获过国家最高科学技术奖，被誉为中国肝脏外科的开拓者和创始人。他的杰出就是来自50多年里为13600多名肝病患者解除病痛，积平凡为杰出。他的体会是：“治好了一个病人就积累了一分财富。”吴孟超的经历充分诠释了什么叫“积小胜为大胜”，以平凡铸辉煌。毕竟人生是马拉松，不是百米赛，主要靠的是能“熬”的长劲、韧劲，爆发力倒还是其次。

熬，有时也是在等机会。人的杰出，除了靠自己的不懈努力和长期积累，也要等待机遇的垂青以获得大显身手的战场，所以要在熬的痛苦过程中寻找机会，在熬的漫长岁月里耐心等待。姜子牙熬到八十岁，方遇到周文王青睐，成了杰出的政治家。诸葛亮躬耕于山野，幸遇刘玄德三顾茅庐，才把文韬武略用于战场，造就三国鼎立局面，自己也杰出了一把。袁隆平熬过十年浩劫，终于等到科学的春天，把杂交水稻事业不断推向高峰，他自己也成了杰出的科学家。反之，光绪皇帝则因为没有熬过西太后，死在老太婆前边，一辈子苦于没有施展抱负的机会，窝窝囊囊，仰人鼻息，终于与杰出无缘。

有人觉得“熬”起来很痛苦，譬如熬鹰、熬夜、熬年头、熬资历，所以就有“备受煎熬”“苦熬岁月”这样凄凄惨惨戚戚的词。没有希望、没有奔头的“熬”，确实很痛苦，度日如年。但是，一个人如果痴迷于事业，钟情于工作，关注于目标，他就会觉得“工作着是美丽的”，就会甘之如饴，乐此不疲，很享受熬的过程。于是，在熬中成熟，在熬中蜕变，在熬中升华，在熬中成为杰出人物。

怎么“熬”出个杰出？办法很多，各人都有自己的高招。依我管见，保持健康的身体，良好的心态，竹子一样的韧劲，骆驼一般的耐力，能伸能屈的性格，不急不躁的品性，拿得起放得下的襟怀，站得高看得远的眼光，有了这几样，你想不“杰出”都很难。

能人偏肯下“笨劲”

国学大师钱穆有句名言：“古往今来有大成就者，诀窍无他，都是能人肯下笨劲。”胡适也有类似说法：“这个世界聪明人太多，肯下笨功夫的人太少，所以成功者只是少数人。”

就说钱穆吧，那是绝对的能人，博闻强识，聪敏早慧，幼有神童之誉。他却从不以聪明自恃，而是几十年如一日做读书笔记，一丝不苟地查抄资料，每日读书写作不下 10 小时，孜孜矻矻、踏踏实实地钻研学问。学者张自铭评价说：“辛亥以还，时局屡有起伏，先生未尝一日废学辍教。”历史学家孙国栋也说：“钱先生研究、讲学、教育、著述兀兀 80 年未尝中断，这番毅力精神旷古所无。而学问成就规模之宏大，实朱子以后一人。”

钱穆的小老乡兼干侄子钱钟书，也是绝顶聪明，天资极高，少有人能比，但弄起学问从不耍滑偷懒，肯用笨功夫，舍得下笨劲。进入清华后，他的目标是“横扫清华图书馆”，每日里，除了上课，就是泡在图书馆里，抄抄记记，梳理勾陈，乐不思蜀，甘之如饴。在最能代表他学术成就的《管锥编》里，引述四千位著作家的上万种著作中的数万条书证，所论除了文学之外，还兼及几乎全部的社会科学、人文学科，汪洋恣肆，博大精深。那就是他下了一辈子笨劲的结果，无怪乎钱钟书谈到自己的治学心得时说：“越是聪明人，越要懂得下笨功夫。”

相比较而言，这个世界上，对智商要求最高的行业非科学家莫属，就像爱因斯坦，那是典型的能人，是超级能人，可是，下笨劲最多、最扎实的还是科学家。通常，一个科研思路提出后，要验证其是否正确，那就得一步步去试验，排除各种错误的可能，寻找唯一正确的答案，稍有一点投机取巧的心理就可能会全军覆没。

陈景润要摘取哥德巴赫王冠上的明珠，光靠聪明是没用的，就要靠长年累月一点一滴的演算推进，几大麻袋演算纸就是最好例证。杨振宁、李政道为了证实他们的宇称不守恒定律理论，曾连续几个星期不出实验室，一遍又一遍地重复那枯燥的实验。最为人津津乐道的是爱迪生发明灯泡的试验，为了选择合适耐用的灯丝，他先后试验了1600多种不同耐热的材料，这种不厌其烦、不怕重复的笨劲，终于使他获得成功，给人类带来了光明。

写小说似乎是很轻松的事，作家们坐在书斋里，海阔天空，信马由缰，只要有点聪明劲就行了。其实不然，写小说既是能人操持的活，也是需要下笨劲的活，一部长篇小说写成，照样把人累个半死——而像曹雪芹那样写书累死的作家，也不乏其人。他们得一个字一个字地敲电脑，一遍一遍地修改增删，四处查阅资料，反复深入生活，这都需要笨劲，没啥捷径可走。

刘震云是作家圈里公认最聪明的一个，二十多岁就成名了，但他在接受采访时说："在我看来，重复的事情在不停地做，你就是专家，做重复的事特别专注你就是大家。就这么简单。"作家二月河在回答记者关于"成功的秘诀"时说："我写小说基本上是个力气活，不信你试试，一天写上十几个小时，一写二十年，怎么着也得弄点东西出来。"

推而广之，不论干什么，要想取得成功，要想出人头地，那就得像钱穆说的那样，能人偏下笨劲，能人肯下笨劲，能人善下笨劲。举目四望，能人太多，但肯下笨劲的能人太少，这就是为啥许多能人与成功无缘的原因。反之，如果一个人既聪明过人，又肯辛劳付出，既睿智超群，又舍得下笨劲，他要是不成功，老天都不答应，或曰：天道酬勤。

大出息·中出息·小出息

邓小平的大女儿邓林回忆说，父亲的愿望始终都是让百姓富裕、国家强盛，无论何时都是如此，并且经常教育孩子们要为国家做贡献，“没有大出息，也要有‘中出息’和‘小出息’”。

天下父母无不盼望子女有大出息，小平同志自然也不例外。但他通晓事理，睿智达观，知道凡事不可强求，不是你望子成龙他就能一飞冲天，你望女成凤她就能栖高枝头，所以，尽管他也希望自己的孩子都成大器，有大出息，但还是很务实地鼓励孩子各尽所能，有多大劲使多大劲，能飞多高就飞多高，无论如何不能“没出息”。

所谓“大出息”，就是对国家对社会有大贡献，干出了大事业、大成就，在国内外有大影响。这个“大出息”，固然需要自己有远大志向，不凡抱负，也需要有雄才大略，过人才具，还需要得天独厚，机遇青睐，少了哪一条也不行。所以，古往今来，立志做大事、有大出息的人车载斗量，不尽其数，但成功者却寥寥无几。一个时代，也就那么三几十人最多百余人吧。政治家邓小平三起三落，开创改革开放新纪元，把人民带入新时代，肯定是“大出息”。科学家袁隆平，以毕生努力试验杂交水稻，增产稻谷数千亿斤，人称杂交水稻之父，也是“大出息”。企业家李嘉诚，白手起家，宵衣旰食，创下价值千亿元的财富，多年蝉联华人首富，且不遗余力支持国家经济建设，热心慈善事业，也可跻身“大出息”行列。还有京剧大师梅兰芳，美术巨匠徐悲鸿，学术泰斗钱钟书，著名作家莫言等，都在“大出息”榜上有名。

所谓“中出息”，依我管见，做科研要成为该行业的学术带头人，业内人提起来是如雷贯耳，譬如那些科学院、工程院院士；演电影要成为一线明星，一露面就是“男一号”“女一号”，不是“影后”，就是“影帝”，就像“国际章”“葛大爷”们；写小说要能拿茅盾文学奖、鲁迅文学奖，作协里不是主席就是副主席；居官过去至少是州县现在得厅局级，屁股后头要“冒烟”，这一条可能有些俗，但总要有些具体的衡量指标才好拿捏。“中出息”者，要承上启下，支撑局面，要统领一方，牵头挂帅，也颇重要且不易。

所谓“小出息”，大概就是你我这样的普通人，多如恒河之沙，平凡如路旁小草。我们兢兢业业地工作，本本分分地生活，凭技艺立身，靠良心干活，本事不大，能耐有限，但决不自轻自贱，也不混日子，就在自己的一亩三分地里辛勤耕耘，收多了笑两声，收少了叹口气。久而久之，居然也小有成就，小有名气，爬格子爬成了小作家，打工打成了小老板，办事员熬成了小头头，小学徒成了老师傅，小医助成了“一把刀”，群众演员最后成了男配角、女配角……他们学有特长，术有专攻，内可养家糊口，小有得意，外可奉献社会，无愧天地。

揆情度理，国家社会需要“大出息”的人，他们是中流砥柱，泰山北斗，旨在引领方向，责为力挽狂澜，“沧海横流，方显英雄本色”；同样也需要“中出息”的人，他们是大厦的四梁八柱，是单位和行业的主心骨、领路人，可保一地平安，造福一方百姓；“小出息”的人则如同华屋之一砖一石，园林之一草一木，看似不起眼，却都各司其责，少了谁都不行。“大出息”者朝乾夕惕，纵横捭阖；“中出息”者废寝忘食，守土有责；“小出息”者不厌琐碎，默默耕耘，三者若能有机结合，并行不悖，乃为民族之幸，盛世之兆。

活出你的伟大

“活出你的伟大”，是新近很火的一句流行语，既有励志之用，也有引导之意，既响亮亲切，又朴实无华，所以，不胫而走，被人们频频引用。

伟大，辞典释为“功绩卓著受人尊敬”。说到伟大，我们便会自然想起孔子、老子、柏拉图、唐太宗、马克思、牛顿、华盛顿、孙中山、鲁迅、爱因斯坦、毛泽东、周恩来、邓小平等伟人，他们或为思想先驱，或为科学巨匠，或为文学泰斗，或为革命领袖，无不惊天动地，名传千古，似乎伟大就是其专用名词，与普通民众无关，我们只有仰视的份儿。

其实不然，伟大也可理解为杰出、优秀、卓越、出类拔萃，伟大也可出于平凡。那么，它就离我们不远了，每个人通过努力都有可能企及。而“活出你的伟大”一语的魅力所在，就是强调了“你的伟大”，只要在你干的行当里干到了极致，发挥了最佳水平，作出了杰出贡献，都无愧于伟大。因而，雷锋成了伟大战士，吴孟超成了伟大医生，南丁格尔成了伟大护士，陈寅恪成了伟大学者，徐悲鸿成了伟大画家，季羡林成了伟大教师，王进喜成了伟大工人，史来贺成了伟大农民，梅兰芳成了伟大演员，菲尔普斯成了伟大运动员……

当然，也不能把伟大庸俗化了，看得太容易了，伟大毕竟是一生心血的结晶，是不懈奋斗的结果，并非谁都能随随便便被称为伟大。伟大可以与地位、职业、性别、国籍无关，但绝对与成绩、水平、品格、贡献息息相关，要“受人尊敬”，就必须“功绩卓著”，要得到肯定，就必须出类拔萃。所以，“活出你的伟大”的“活出”二字，实际上讲的是活的方法，如何去活才能活出伟大，这里至少有三个关键词不可或缺：立志、坚持、拼搏。

立志，是伟大之源。志存高远，就会提供源源不断的动力，使我们在奔赴伟大的道路上不屈不挠，粉碎干扰，踏平坎坷，奔向自己的预定目标。坚持，是伟大之基。伟大，是时间的朋友，待他越久，赠你越厚。所以，须有“咬定青山不放松”的韧劲，须有卧薪尝胆、水滴石穿的坚持精神，积年累月，锲而不舍，“伟大”就会功到自然成。拼搏，是伟大之魂。伟大，不是一般的表扬，要获得这一赞誉，自然也要付出非凡的代价，拿出超人的奋斗精神，要自强不息，锐意进取，要殚精竭虑，宵衣旰食，要“为伊消得人憔悴，衣带渐宽终不悔”，方有可能进入伟大的行列。当代军人丁晓兵、吴孟超、何祥美、李中华、杨利伟等，就是这样拼搏、奋斗、奉献、创造，美化着这个社会，装点着锦绣江山，活出了自己的伟人。

人生在世，转眼百年。发愤图强是活，浑浑噩噩也是活；建功立业是活，无所作为也是活；胸有大志是活，鼠目寸光也是活；出类拔萃是活，平平庸庸也是活，每个人都在选择，也在收获，并据此而分出伟大与渺小，精彩与平庸。我们不论干什么，不论职务高低，只要倾情投入，苦心孤诣，埋头苦干，奉献社会，同样能活出人生辉煌，活出你的伟大！就像歌里唱的那样：“不白活一回……活就活它个船撵浪呀，活就活它个龙摆尾，活就活它个云生霞呀，活就活它个地增辉！”

你凭什么坐在这里

20世纪30年代，著名曲学家吴梅曾任教北京大学，当时，唱曲子还被传统学问家视为“小道末技”。有一次大学者黄侃发现吴梅坐在教授专用沙发上休息，于是怒问:“你凭什么坐在这里？”吴梅理直气壮地答道:“我凭元曲。”吴梅还真不吹牛，他不仅自己写词度曲，是当时首屈一指的传奇杂剧作家，还能唱曲，师承昆腔正宗，为当时公认的唱曲大家。他甚至还擅长表演，尤其擅长青衣、老旦，每逢曲会，必参加演唱，被人称赞为“著、度、演、藏各色俱全之曲学大师”。

西南联大中文系教授刘文典是著名《庄子》研究专家，学问大，脾气也大。一次，他在抗战时期跑防空洞，看见作家沈从文也在跑，很是生气，大声喊道:“我跑防空洞，是为《庄子》跑，我死了就没人讲《庄子》了，你凭什么跑？”好在沈从文脾气好，不与他一般见识。其实人家沈从文的成就并不比他小，人家凭的是著名小说《边城》，凭的是畅销一时的《湘行散记》，凭的是精深的文学造诣，凭的是在读者中的巨大影响。

是啊，大千世界，芸芸众生，我们每个人都不妨互相问问，你凭什么坐在这里？

成都武侯祠里，问问诸葛亮，你凭什么坐在这里？凭隆中妙对，三分天下；凭运筹帷幄，决胜千里之外；凭借东风、空城计；

凭《前出师表》《后出师表》；凭“鞠躬尽瘁，死而后已”。

杭州岳王庙里，问问岳飞，你凭什么坐在这里？凭刻在背上的“精忠报国”，凭印在心里的“还我河山”；凭四次北伐，收复襄汉；凭朱仙镇大捷，大破拐子军；凭“撼山易，撼岳家军难”，还凭“天日昭昭。天日昭昭”。

南京孙中山纪念馆里，问问孙中山，你凭什么坐在这里？凭的是屡战屡败，屡败屡战，起义数十次；凭的是推翻帝制，创造共和；凭的是联俄联共，扶助农工；凭的是光明磊落，“天下为公”。

问完古人前贤，再问问自己。座无虚席的教室里，众目睽睽的讲台上，你凭什么站在这里？是凭真才实学站稳讲台，凭自己有“一桶水”，才能给学生“一碗水”；还是凭照本宣科糊弄学生，凭不学无术混日子？

美丽明亮的舞台上，你凭什么站在这里？是凭精湛艺术功力，凭高超表演技巧，凭美妙歌喉，凭潇洒舞姿；还是凭哥们儿关系，凭请客送礼，甚至于凭肮脏的“潜规则”？

宽敞舒适的办公室，你凭什么坐在这里？是凭过人的本事，凭不凡的政绩；还是凭姻亲关系，凭神通广大的“好爸爸”，凭投机钻营，凭钱权交易，凭贿赂走后门？

不论我们是干什么工作的，都需要经常这样问一问自己。这一问可能就会问出一身汗，这会使我们不敢懒惰、不敢懈怠，会逼着我们不断进取，更上一层楼。别以为你坐得很稳，你的座位是“铁杆庄稼”、铁饭碗，睁开眼看看，世界潮流浩浩荡荡，竞争激烈，优胜劣汰，不进则退，非生即死。从来就没有铁打的江山，铜铸的座椅，如果不肯居安思危，不愿未雨绸缪，缺乏知难而进的勇气，业绩对不起百姓，能力对不起俸禄，表现对不起期望，早晚会被剥夺“坐在这里”的权利。

鸡司晨，狗守户。每个人、每个团体也都有自己的位置，或显赫或平常，或端坐或站立，坐在这里要坐得心安理得、问心无愧，站在这里也要站得堂堂正正、让人服气。

培养一点“逆商”

除了智商、情商外，近年来社会上又流行一个新概念：逆商。全称逆境商数，或曰挫折商、逆境商。它是指人们面对逆境时的反应方式，即面对挫折、摆脱困境和超越困难的能力。心理学家普遍认为，一个人事业成功必须具备高智商、高情商和高逆商这三个因素。在智商都跟别人相差不大的情况下，逆商对一个人的事业成功起着决定性的作用。要想事业成功，人生辉煌，就必须培养一点逆商。

首先，要正确认识人生的挫折和逆境。司马迁说过：“文王拘而演《周易》，仲尼厄而作《春秋》；屈原放逐，乃赋《离骚》；左丘失明，厥有《国语》；孙子膑脚，《兵法》修列……”这些都是高逆商的人。高逆商支撑他们战胜困厄灾难，化险为夷；高逆商帮助他们走出人生低谷，走向事业辉煌。纵观古今中外，那些事业成功、名垂史册的政治家、科学家、艺术家、军事家、实业家，无一不是历经坎坷，备尝艰辛，一次次被击倒，又一次次站起来，顽强不屈，坚忍不拔。人生不可能一帆风顺，总会有挫折和逆境，成功者与失败者的最大差别，就是如何对待逆境。成功者善于把逆境当成磨炼自己的燧石，每走出一段逆境，就会提升自己一次，使自己意志更加坚强；反之，在逆境面前畏首畏尾，无所作为，或者遇到挫折便一蹶不振，就只有品尝失败的苦果。美国的《成功》杂志每年都会报道当年最伟大的东山再起者和创业者，他们的传奇经历中有一个相同的部分，那就是他们在遇到巨大的困难和逆境时始终保持乐观的态度，从不轻言放弃。

其次，要树立战胜逆境的信心和决心。要始终坚信，任何时候，办法总比困难多，山高高不过太阳，只要坚持不懈，总会水滴石穿，只要奋力拼搏，就一定能迎来胜利曙光。逆境并不可怕，怕的是我们逆商太低，被逆境吓倒，没有战胜逆境的信心和决心。长征路上的红军将士们，他们爬雪山，过草地，冲破敌人的层层包围圈，强渡大渡河，飞夺泸定桥，攻破腊子口，奇袭娄山关，长驱两万五千里，克服了一个个难以想象的困难，战胜了一个个穷凶极恶的顽敌，终于胜利到达陕北，完成了伟大的战略转移。红军长征经历了无数的坎坷，但都一次又一次地被他们超越了，这得益于他们战胜逆境的信心和决心。

最后，要有百折不挠的韧劲和吃苦精神。光有战胜逆境的信心和决心还不够，还要有战胜逆境的能力，逆商的高低大小，最终要落到实际行动上，最主要体现在两个方面，一是要有不屈不挠的韧劲，“咬定青山不放松，立根原在破岩中”。孙中山为推翻清朝政府，前后进行了十多次起义，一次失败接着又一次失败，但他毫不气馁，越挫越勇，屡战屡败，屡败屡战，终于迎来了辛亥革命的成功，建立了不世功勋。二是不怕吃苦。能吃世间难忍之苦，方能成大卜过人之事。基于这个道理，为提高孩子的逆商，日本许多学校对中小学生进行“荒岛”生存实验，一些幼儿园对儿童进行四季裸体锻炼，培养其吃苦精神，磨炼其意志品质。印度则设立“饥饿日”，让孩子们增强忍耐饥寒的能力。近年来，国内一些高校也组织大学生开展野外“拓展生存”训练，大学生们感觉收获很大。

世事多艰，逆境与挫折会经常伴随我们，那么，培养点逆商，增加面对挫折、摆脱困境和超越困难的能力，就应该成为我们涉世创业的必修课，立足社会的基本功。

给自己找个对手

人生在世，不仅需要朋友，同样也需要有对手。没有朋友，落落寡欢，形单影孤，生活是寂寞乏味的；没有对手，自己唱独角戏，无从激发斗志，潜能很难得到挖掘，也难以达到自己的人生高度。

古往今来，凡是轰轰烈烈的事业，有声有色的历史，都是强大的对手激烈碰撞的结果。刘、项争夺天下，金戈铁马，刀光剑影，杀得难解难分，于是就有了鸿门宴、十面埋伏、霸王别姬等一幕幕历史大戏生动上演。鲁迅是伟大的，他的伟大，至少一半要拜对手所赐。姚明在美国 NBA 的前进轨迹，则步步都是在与对手的厮杀中奋力拼搏，步步都得益于对手的激励和进逼。从大鲨鱼奥尼尔、太阳队的小斯，到魔术队的霍华德、马刺队的邓肯，他的每个对手都有自己的绝招，都会给姚明制造麻烦，每个对手都逼得姚明要拿出招数应对，而每战胜一个对手，姚明就前进一步，在与一个个强大对手的较量中，姚明终于成为 NBA 的顶尖中锋。

无疑，现实生活中，没有对手的人生是残缺不全的。因为，对手可以激发我们的竞争意识，使我们不甘平庸，不肯落后；对手可鞭策我们不敢懈怠，不肯放松，永远进取；对手可使我们保持危机感，始终心存忧患，在激烈的竞争中升华自己，实现人生价值。

因而，我们如果没有对手，就要主动给自己找对手，可在身边找，也可在千里之外去找；可在今人中找，也可在古人中找；可在中国人里找，也可在外国人里找；可以是真实的对手，也可以是虚拟的对手，说到底，也就是要找个追赶的榜样，找个竞争的对象，找个可以激励自己的目标。一看到他，就能发现自己的不足，觉察出自己的差距；一和他比较，就不敢懈怠，就得打起十分精神去迎战；一想起他，就充满了不服输的劲头，就渴望真刀真枪地比一回，分个输赢高下。倘若有了这样的对手做伴，能树立强烈的对手意识，时时在激励、鞭策我们，奋斗几十载春秋，我们即便成不了伟人名流，也不会一事无成；即便不会名闻天下，也不会蹉跎人生。我们将在和对手的不断较量中，成长成熟，趋善趋美，走向自己人生的辉煌。

3

第三辑

见贤思齐篇

刘震云的“两个舅舅”

近日，著名作家刘震云在新书发布会上说：“两个舅舅是对我影响很大的人。一个教我一辈子就干一件事，于是我就一辈子‘编瞎话’；另外一个教我做事要慢，所以别人作品写三个月，我要花三年，并不是手艺比他们好，只不过用的时间长一些，这就是我写作的秘诀与诀窍。”

刘震云很忠实地践行着舅舅的教诲，舅舅说“一辈子干一件事”，他就目不斜视，心无旁骛；舅舅说“做事要慢”，他就扎扎实实，稳稳当当，在“编瞎话”的路上越走越远，越走越辉煌。出道至今，从《一地鸡毛》到《温故一九四二》，从《手机》到《我叫刘跃进》，从《一句顶一万句》到《我不是潘金莲》，大作迭出，好评如潮，获奖连连，名满天下。而且钱也没少赚，在“2011中国作家富豪榜”上，他以160万元的版税收入，名列第26位。这就是所谓的名利双收吧。

作家大都是聪明人，博学多识，思路敏捷，有的甚至是天才，日成万言，倚马可待，而刘震云却对自己的聪明不那么自信，他曾在新浪网上说：“我最大的聪明是知道我自己笨。在我看来，重复的事情在不停地做，你就是专家，做重复的事特别专注你就是大家。就这么简单。”他还有一段金玉之言：“世界上有一条大河特别波涛汹涌，淹死了许多人，叫聪明。许多人没有在愚蠢的河流里淹死，都是在聪明的河流里淹死的，真正的聪明是愚公移山。”

看来，因羡慕刘震云聪明而想吃作家这碗饭的人会大失所望了。但刘震云也很慷慨地介绍了他的两个舅舅的经验之谈，文学后辈们如能深刻体会，认真琢磨，身体力行，坚持数年，即便当不了刘震云那样的大作家，在文坛占上一席之地还是没有问题的。这两条经验，先说“一辈子就干一件事”，这恐怕不仅是作家，也是所有行业成功的不二法门。鲁迅、巴金、老舍，一生写作，专心致志，直到晚年仍文思泉涌，佳作不断。刘震云呢，从15岁写到现在，30多年没动窝，做官、下海、出国、炒股，这些热闹他从未参与过，老老实实一直在“编瞎话”“苦心孤诣”“殚精竭虑”，就是“笨”点，也没有不成功的道理。天道酬勤，水滴石穿，到他这儿也不会例外——况且他还不是真“笨”。

再说“慢工出细活”。这是“编瞎话”的基本经验，也是时下一些作家最不爱听的一句话，他们每以“高产作家”为荣，比着谁出的书多，谁出的书厚，谁写的书快，谁著作等身，可是就是不比质量，不比思想性与艺术性，不比在读者中的影响。所以，很多作品出得很快，又很快就被读者和文坛遗忘，就像流星一样。还有的作品干脆无声无息，直接从出版社拉到废纸化浆池。时下，我国每年出版的长篇小说已达4000部之多，还不包括众多网络作品，数量绝对是世界第一，可说到质量就不敢恭维了，因为粗制滥造，急于求成，不肯精雕细琢，罕见精品佳作，大部分作品都是平庸之作，甚至是垃圾作品，几乎没有任何影响，这是作家也是文坛的悲剧。

或许是旁观者清，刘震云的两个舅舅尽管不懂文学，却悟出足以指导文学创作的两条重要但又很平常的经验，这也使我想起歌德当年对雨果的多产和粗制滥造的批评：“他那样大胆，在一年之内居然写出两部悲剧和一部小说，这怎么能不越写越坏，糟蹋了他那很好的才能呢？我们并不责怪他想发财和贪图眼前名声，不过他如果指望将来长享盛名，就得少写些才行。”这就叫英雄所见略同吧。

“随随便便”与“大名鼎鼎”

盖达尔是苏联著名儿童文学作家。他很喜欢旅行，而每次出门总是提着个破旧的皮箱。有人不解地问:“先生是‘大名鼎鼎’的，为什么用的皮箱却是‘随随便便’的？”盖达尔机智地回答:“这样难道不好吗？如果皮箱是‘大名鼎鼎’的，人却是‘随随便便’的，那岂不是更糟？”

的确，我们平时见过不少人是“大名鼎鼎”，皮箱却是“随随便便”的，也见过更多皮箱是“大名鼎鼎”，事业却是“随随便便”的人。爱因斯坦是“大名鼎鼎”的科学家，他穿衣服却是“随随便便”的。他刚到美国时，穿得“随随便便”，有人劝他穿好一点，他诙谐地说:“穿那么好干什么，反正也没人认识我。”他后来名扬四海了，经常出席各种高规格的会议，又有人劝他穿好一点，他幽默地说:“现在更没有必要穿那么好了，反正大家都认识我了。”因而，一提到爱因斯坦，我们就会想到一个头发蓬松，穿一身旧西装，眼睛却亮得放光的天才老头。

萧伯纳是英国“大名鼎鼎”的剧作家、评论家，他住的房子却是“随随便便”的。萧伯纳一生著述颇丰，收入也很可观。他获得诺贝尔文学奖后，许多人慕名而来，到他家拜访，都对他住房的简单、家具的陈旧表示惊讶，劝他换套更大、更舒服的房子住，他也完全有这个经济实力。他十分客气地回答说：“要那么大的房子，一是没工夫收拾，二是还要老惦记着，最重要的是我用不了那么多房子，何必要花钱费神呢？”

曹雪芹是“大名鼎鼎”的小说家，他吃饭却是“随随便便”的。随便到什么程度呢，可用一句诗来形容：“举家食粥酒常赊。”本来，凭曹雪芹的才华和能力，完全可以让自己和家人过得好一些，吃得丰盛一些，譬如去当师爷，当塾师，走科举之路，都能轻松胜任。可是他的心思都在小说上，随便吃点什么，只要肚子不饿就行。也正是他的吃饭“随随便便”，才有了日后的“大名鼎鼎”，才有了当今数万人吃《红楼梦》饭吃得滋滋润润。

这似乎是个普遍规律，古今中外，那些在事业上大获成功因而大名鼎鼎的人士，在生活的其他方面大都是“随随便便”的，他们对于物质生活的享受，往往是比较迟钝的，穿着“随随便便”的衣服，吃着“随随便便”的饭菜，住着“随随便便”的房子，提着“随随便便”的皮箱，却在干着超凡入圣的事情，从事着重要伟大的工作，书写着辉煌的历史。而那些满身都是“大名鼎鼎”的名牌服装，使用的是“大名鼎鼎”的名牌用具的人，吃着“大名鼎鼎”的中西大菜的人，其工作态度、敬业精神、人生事业却可能都是“随随便便”的，甚至于一事无成，因为他们的注意力太多地放在那些“大名鼎鼎”的身外之物上了，而真正需要“大名鼎鼎”的地方，譬如事业、成就、学问等，反倒稀松平常，随随便便，无声无息。

人生的根本差别，也许就体现在事业和物质生活摆放的不同位置上，何为“大名鼎鼎”，何为“随随便便”。

齐白石的四个贵人

齐白石出身贫寒，自称“草衣”，但一生都有贵人相助。

齐白石27岁时，为做雕花活的顾主随手画的几张花鸟画，被邻村名士胡沁园赏识，遂收为学生，授其画艺。胡沁园不仅无偿提供齐白石食宿，还为他张罗替人画像的生意，促成了齐白石由雕花木匠向职业画师的身份转变。齐白石视胡沁园为“生平第一知己”，1914年胡沁园去世时，齐白石画了20幅画，亲自裱好在灵前焚化。新中国成立后，胡沁园之孙胡文效供职于东北博物馆，齐白石提供了多件作品作为该馆馆藏。1953年甚至为东北博物馆抄写《党在过渡时期的总路线》全文，1954年又在东北博物馆举办“齐白石画展”，这都不无报答师恩的因素。

齐白石40岁时，认识了同门夏午诒。此前，齐白石足迹还未出湘潭，可以说夏午诒是促使齐白石真正成名的关键人物。夏午诒力劝齐白石不要“株守家园”，1902年，以教如夫人书画的理由请齐白石赴西安游历，并介绍齐白石认识了在书画界很有影响的名家樊樊山。第二年夏午诒又带齐白石去北京，使其得以与李瑞荃、曾熙等书画名家交往。正是夏午诒让齐白石走出了所谓“五出五归”的第一步，视野大开，由一个乡土画家开始步向全国著名画家的历程。

1919年，齐白石举家迁往北京，在那里卖画治印为生。此时他结识了一生之中最重要的一位友人陈师曾。这两人的关系后来被人概括为“没有陈师曾就没有齐白石，没有齐白石也就没有陈师曾”。陈师曾在当时绘画界新思潮汹涌澎湃时仍坚定地拥护传统，曾著《文人画之价值》一书，此论极有意义。然而也就是这位貌似古板的陈夫子对白石翁进行多次鼓励和指引，在这种精神支持下，齐白石毅然以10年时间进行衰年变法，从此他的大写意花鸟方始元气淋漓，呈现出为世人所熟知的面貌。

1929年9月，徐悲鸿受聘担任北平艺术学院院长后，就亲自去拜访齐白石，聘请他来校担任教授。第一次，第二次，齐白石都拒绝了。第三次，他又敲开齐白石的家门，正所谓“精诚所至，金石为开”，齐白石终于被说服，担任了北平艺术学院的教授，同时也道出心里话：“我不仅没进学堂读过书，而且连小学生也没教过，怎么能教大学生呢？”徐悲鸿说：“你只在课堂上给学生作画示范就行了。”不仅如此，徐悲鸿还利用自己的地位与影响力为齐白石延誉、说项。当时，美术界有些人极力贬低木匠出身的齐白石，一次画展，齐白石的作品受到冷落，被挤到角落里。当徐悲鸿在展厅内看到齐白石的作品《虾趣》时，不由得赞道：“妙造自然，浑然天成！”他立即找来展厅负责人，把《虾趣》放在展厅中央，与他的作品并列在一起，并将《虾趣》的标价8元改为80元，而自己的那幅《奔马》标价为70元。他还在《虾趣》下面注明“徐悲鸿标价”字样。此事引起轰动，齐白石也由此名扬京城。

他们曾被拒门外

1944年，美国一家演艺公司的主管告诉一个前来试镜、梦想成为演员的女孩："你绝对不是当演员的料，你最好去找一个秘书的工作，或者当公司雇员，再不然干脆早点嫁人算了。"这个女孩就是后来名扬四海的好莱坞明星玛丽莲·梦露。

1954年，美国"乡村大剧院"旗下一名歌手首次演出后就被开除了，老板毫不客气地对那名歌手说："小子，你哪儿也别去了，就你那破嗓子还想唱歌，门儿都没有，还是回家开卡车去吧。"这名歌手叫艾尔维斯·普雷斯利，后来大放异彩，红遍全球，绰号"猫王"。

1984年，河南省郑州市乒乓球市队教练对一个身高只有1.55米的女孩说："你个子太矮了，腿短胳膊短，怎么练也打不出来。"毫不通融地将她拒之门外，连试试的机会都不给。后来，这个女孩却凭着不服输的顽强精神和高超球艺，13岁就夺得全国冠军，15岁时获亚洲冠军，16岁时获世锦赛冠军，19岁获奥运会冠军，是世界上拿冠军最多的乒乓球女选手，人称世界乒坛皇后，她的名字就叫邓亚萍。

这是一个电视剧中的人物，但现实生活中却不乏其人。《士兵突击》中有一个战士，其貌不扬，又笨又土，钢七连连长死活看不上他，曾两次把他拒之门外，断定他是个练不出来的“孬兵”。可是，后来就是这个“孬兵”，靠着刻苦训练，超人的努力，成了全团、全师数一数二的尖子兵，拿的奖状、得的锦旗，挂满一面墙，成了远近闻名的“兵王”。他的名字叫许三多。

这个名单还可以排很长，方方面面的人才都有。这类事情至少可以给我们两个方面的启发。其一，那些手中握有人才生杀大权的主管领导也好，权威专家也好，要有爱才惜才、求贤若渴的观念，不要对一个初出茅庐的青年轻易下否定性结论，因为扼杀一个天才是容易的，发现一个天才却很困难。如果实在不能接受他们，至少也要给予鼓励，给予指点，或给他们试试的机会，要不然，说不定你漏掉的就是又一个玛丽莲·梦露，又一个邓亚萍，让你将来后悔莫及。

其二，对于这些青年才俊个人来说，要有点韧性，不要轻易被权威和专家的否定性结论吓倒，因为他们固有经验，但也有看走眼的时候，也有老眼昏花的主，如果再加上固执和偏见。须记住一句话：是金子早晚会发光，是人才必然会脱颖而出。关键是我们自己一定要有真才实学，确有过人之处。只要自己真有天赋，有素质，有潜力，真是这块“料”；那么，坚持下去，锲而不舍，终究会冲破黎明前的黑暗，抵达光明的彼岸。“猫王”、邓亚萍就是这么一路走过来的，玛丽莲·梦露也正因为没有听从劝告，才有了后来的一飞冲天。

“我劝天公重抖擞，不拘一格降人才”，清人龚自珍的《己亥杂诗》大有深意，并未过时，今日读来，仍有启迪。

曾自卑过的名人

在人们印象中，名人都是非常自信的，像毛泽东："自信人生二百年，会当水击三千里。"如李太白："天生我材必有用，千金散尽还复来。"其实不然，许多名人都很自卑，至少是曾经很自卑，或很长时间都在自卑的泥潭中挣扎。

中央电视台著名节目主持人白岩松，年轻时曾非常自卑。当他从一个北方小镇考进了北京的大学，上学的第一天，他邻桌的女同学第一句话就问他："你从哪里来？"而这个问题正是他最忌讳的，因为在他的逻辑里，出生于小城，就意味着没见过世面。就因为这个女同学的问话，使他一个学期都不敢和女同学说话！很长一段时间，自卑的阴影都占据着他的心灵。每次照相，他都要下意识地戴上一个大墨镜，以掩饰自己的自卑心理。

同样是中央电视台著名节目主持人张越，当年也曾为自己的肥胖而自卑。20年前，她在北京上大学，几乎每天都在自卑中度过。她疑心同学会在暗地里嘲笑她的肥胖样子太难看，因此不敢穿裙子，不敢上体育课。大学毕业时，她差点领不到毕业证，不是因为功课，而是因为她不敢参加体育长跑测试！老师说："只要你跑了，不管多慢，都算你及格。"可她就是不跑。因为恐惧，担心自己肥胖的身体跑步一定非常愚笨。可是她连给老师解释的勇气都没有。

著名歌星王菲说，她也曾自卑过很多年。因为她觉得自己不

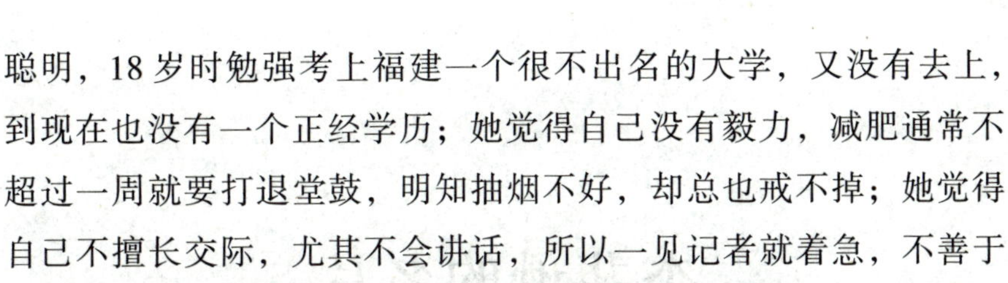

聪明，18岁时勉强考上福建一个很不出名的大学，又没有去上，到现在也没有一个正经学历；她觉得自己没有毅力，减肥通常不超过一周就要打退堂鼓，明知抽烟不好，却总也戒不掉；她觉得自己不擅长交际，尤其不会讲话，所以一见记者就着急，不善于和媒体沟通，老给人家一种耍大牌的感觉……

德国天才哲学家尼采，出生于勒肯的一个牧师之家，自幼性情孤僻，而且多愁善感，又矮又瘦，纤弱的身体使他总是有一种自卑感。他曾追求过一个美丽的姑娘，但因为太笨拙，没有成功，这使他更加自卑。因此，他一生都是在追寻一种强有力的人生哲学来弥补自己内心深处的自卑。

即便是“粪土当年万户侯”的一代伟人毛泽东，早年在北京大学图书馆当“临时工”的时候，也是相当的自卑。快到而立之年了，却一事无成，工资也只有区区8元，而比他大不了几岁的李大钊、胡适都是每月400元大洋；还因为说一口乡音很重别人很难听懂的湖南话，想和蔡元培、傅斯年、罗家伦等北大名流交往，却被人家拒绝……

但是，后来他们都成功了。白岩松、张越成了中央电视台著名节目主持人，经常对着全国几亿电视观众侃侃而谈，特别是张越，还是第一个完全靠才气，丝毫没有凭借外貌走进中央电视台的主持人。王菲如今被称为歌坛天后，拥有无数粉丝，演戏唱歌都很成功，所到之处万人空巷。尼采成了著名哲学家，“超人哲学”的奠基者，他打破了以往哲学演变的逻辑秩序，凭的是自己的灵感来作出独到的理解，写了许多文笔优美，寓意隽永的著作，并大胆宣称：上帝死了！至于毛泽东的历史功劳和地位，早已彪炳史册，自然不必赘言。

因为他们没有怨天尤人，没有自暴自弃，而是超越了自卑，战胜了自卑；因为自卑而产生的动力使他们比别人更努力，付出更多。所以，曾经有过自卑并不可怕，可怕的是永远沉溺其中，不可自拔。

杰斐逊的名片

美国第三任总统托马斯·杰斐逊，在名片上写了《独立宣言》起草人、《维吉尼亚宗教自由法案》起草人、维吉尼亚大学的创建者，唯独没有告诉人们他是美国总统。因为在他眼里，《独立宣言》起草人和大学创始人远比总统更重要。

胡适有 32 个博士头衔，还有北京大学校长、驻美大使、学者、诗人、历史家、文学家、哲学家、新文化运动领袖等定评，如果都印在名片上，正反两面也印不完。他却在名片上只印了两个字：学者。在他心目中，其他都是虚的，唯有学者最重要。

电影演员赵丹在一次出国前，办公室秘书打来电话问：“名片上头衔印三个：一、全国政协委员；二、全国文联委员；三、全国影协常务理事。行不行？”赵丹回答：“你忘了最重要的。”对方：“还有什么更重要的？”赵丹：“我是个演员，别的都可以不要，一定要印上电影演员！”

剧作家沙叶新则为自己做了这样一张名片：“我，沙叶新，上海人民艺术剧院院长——暂时的。剧作家——长久的。某某理事、委员、教授、主席——都是挂名的。”他的名片简单明了，主次清楚，一目了然，一看就知他是个剧作家。

巴蜀鬼才魏明伦更干脆，本来，他的头衔也很多，剧作家、杂文家、政协委员、名誉教授、全国作协理事、全国剧协副主席……杂七杂八的，虚虚实实至少有一二十个头衔。可是他的名片上这样的头衔一个也不写，就是魏明伦三个大字，清清爽爽，利利索索。他的思路很清楚：你真对我有兴趣，就一定知道我是干什么的；你对我没兴趣，我印再多头衔也没有用。

与此相反，生活中我们也经常能碰到这样的“名人”，他的名片上密密麻麻印了一大堆头衔，可是，看了半天，委员、理事、总监、首席执行官、名誉教授、特邀代表、董事长、总经理等，应有尽有，让人眼花缭乱，却不知道他究竟是干什么的。

名片虽小，可以洞见一个人的心胸、识见、境界；方寸天地，一个人的狭隘、浅薄、虚荣也可一览无余。

大千世界，芸芸众生，不一定每人都需要印名片，但一定要在自己的大脑里始终有一张名片，印上自己最真实的身份，并时时刻刻提醒自己：“弱水三千，我只取一瓢饮”，千万别忘了自己最重要的东西！

李娜的“报复”

有一次，李娜的教练托马斯突然被俄罗斯美少女莎拉波娃挖走了，李娜心里那个气啊，酸甜苦辣，翻江倒海，可她却不动声色，嘴上没任何表示。虽然她也是个快意恩仇的人，但她的报复手段和别人不一样，她要用胜利来报复。机会来了，不久法网时恰好遇到莎拉波娃，正是冤家路窄，她超水平发挥，以2：0痛快淋漓地拿下比赛。让看台上的托马斯傻了眼，心里头不知该有多后悔。到这里还不算完，李娜接着又一鼓作气再克强敌，第一次拿到法网冠军。李娜手捧奖杯，春风得意——走自己的路，让莎拉波娃哭去吧！

美国NBA小皇帝詹姆斯的报复，也别有特色。他从克利夫兰骑士队跳槽到热火队，当地媒体对他大加挞伐，骑士队的老板、教练和队员也对他恶言相向，他虽然很窝火，但并没有进行回击，而是拼命苦练，等待复仇机会。这一天没让他等太久，很快，热火队就来到了骑士队主场，詹姆斯打得格外兴奋，几乎打满全场，无所不能，在他的带动下，热火队大获全胜，詹姆斯也终于报了一箭之仇。

报复之心，人皆有之，特别是那些争强好胜的运动员，无非报复手段不同罢了。说到报复，我们不假思索就能举一大堆例子，孔子杀掉与他争生源的少正卯，吕后残害与她争宠的戚夫人，李广杀掉曾不让他进城门的霸陵尉，钟会唆使晋武帝杀掉给他冷脸的嵇康，苏雪林为不受重视而恶毒攻击鲁迅，江青利用文革迫害那些曾得罪过她的老艺术家……

报复有很多方式，以牙还牙，“投桃报李”，你给我初一，我给你十五是一种；冷眼旁观，“看他起朱楼，看他宴宾客，看他楼塌了！”是一种；唇枪舌剑，反唇相讥，恶言秽语，一逞口舌之快也是一种。相比较而言，用胜利来报复，则是最高明的报复，最有品位的报复，同时也是难度最大的报复，就像李娜这样。

当然，如果能毫无报复之心，忍辱负重，委曲求全，那是圣人佛陀境界，如所罗门曾言：“宽恕他人之过失，乃宽恕者之荣耀。”但毕竟我们大都是有七情六欲的凡夫俗子，不大可能做到逆来顺受，毫无怨言，也不会唾面自干，坦然自若，所以，一旦受到挫败、轻侮，被人陷害、攻讦，生出报复之心，也是人之常情，但最好不要泼妇骂街，动刀动枪，或赤裸裸的睚眦必报，以眼还眼，不妨学学李娜，学学詹姆斯，用胜利来回击，用优异战果来报复。

袁隆平爱做梦

年过八旬的“杂交水稻之父”袁隆平院士称：“我这个‘80后’还有个愿望，如果身体条件允许，依然有信心继续工作下去，等我90岁的时候，还要争取实现超级杂交稻第四期目标，达到亩产1000公斤，更多地造福人民！”耄耋之年的袁院士雄心依旧，让在座的每一个人深为感动。

“老骥伏枥，志在千里”，袁隆平的雄心壮志让我们不胜景仰。从1960年在试验田里发现那株与众不同的水稻植株开始，袁隆平院士就致力研究杂交水稻，年轻时他曾做过一个梦：“我梦见我们种的水稻，长得跟高粱一样高，穗子像扫把那么长，颗粒像花生米那么大，我和助手们就坐在稻穗下面乘凉。”为了这个梦，他奋斗了大半辈子，废寝忘食，殚精竭虑，几十年如一日，正如温家宝总理在祝贺袁老80寿辰的书信中所写：“先生从事杂交水稻研究已经半个世纪了，不畏艰难，甘于奉献，呕心沥血，苦苦追求，为解决中国人的吃饭问题作出了重大贡献。”不仅如此，在“解决中国人吃饭问题”之外，还为其他国家和地区提供了有益的借鉴与帮助。一个中国的农业科学家，取得如此举世瞩目的成就，泽被中国，造福世界，让我们“高山仰止，景行行止，虽不能至，然心向往之。”

“发已千茎白，心犹一寸丹”，袁隆平的雄心壮志让我们深感振奋。古今中外无数成功人物的实践都雄辩证明，人是要有点精神的，袁隆平的成功，就在于他始终抱有远大志向，始终坚持奋不顾身的拼搏精神，始终坚持严谨细致的科学态度，雄心壮志加拼搏精神加科学态度，铸就了他的事业成功和人生辉煌。

“江山代有才人出，各领风骚数百年”，袁隆平的雄心壮志也让我们略略生出一些“隐忧”。平心而论，袁隆平的虎老雄心在，固然是他的自豪和光荣，同时也使我们这些后来人感到惭愧和不安。本来，以袁隆平的年龄，早就应当去含饴弄孙，安度晚年，笑眯眯地看着他的接班人在出色地继续他的事业。但是，现在看来，他在耄耋之年，还得亲自挂帅，披坚执锐，那我们就应该好好检讨一下，如果千钧重担还得一个八旬老人带头担当，是不是后继力量成长得太慢了，我们和大师的距离太大了，我们的奋斗精神和创新意识还不足以支撑大局？当然，实事求是地说，国内一大批优秀的中青年人才已脱颖而出，青出于蓝而胜于蓝，事业干得轰轰烈烈，有声有色，但人们有理由要求他们成长得更快一些，眼界更开阔，胸怀更宽广，肩膀更坚强，早日接过前辈的担子，从辉煌走向新的辉煌。

人生有大志，何处不翻飞？我们衷心祝贺袁老健康长寿，心想事成，同时也要向袁老看齐，在神州大地上画出更新更美的画卷。

奥巴马励志有感

美国总统奥巴马是一个喜欢励志也善于励志的人，但他如果只对美国人励志的话，我们也不必多管他的闲事，可是，他在近日的励志演讲中激励美国学生要胸怀大志，在将来不能被中国、印度的学生比下去。这样一来，咱们就不能不有所表示了。

2014 年 9 月 15 日，奥巴马在宾夕法尼亚州一所学校的迎接学生返校的典礼上发言说："没有什么是你们无法实现的，只要你们胸怀大志，只要你们愿意努力，只要你们专注于学习，"奥巴马以"过来人"的姿态向美国的青少年发出这样的呼吁，他有资格说这个话，早在孩提时代，他就胸有大志，把美国总统华盛顿、林肯当成自己的崇拜偶像，他最爱看的书籍就是那些名人传记和励志故事，最后终于实现了在常人看来不可能实现的目标，成为历史上第一个黑人美国总统。

"你们的未来掌握在你们的手中，除了你们自己，没人能书写你们的命运。"（引文同上）奥巴马满怀激情地说，他自己就是一个通过努力改变命运、创造未来的典范。一个出身贫寒，既没有大笔财富也没有任何背景的黑人穷小子，听着励志故事长大的奥巴马，就凭着坚持不懈的个人奋斗，坐上了美国总统的高位，这

本身就是一个最具说服力的励志故事，奥巴马自己就是一个最典型的励志例子。他还亲自撰写了一本《为你歌唱：致女儿的一封信》的儿童励志读物，介绍了13位对国家产生深远影响的美国公民，从首位美国总统华盛顿，到棒球联赛明星鲁滨逊，再到艺术家欧基夫在内13位有影响力的美国人的故事。

“你们能够获得的机会是由你们受教育的程度决定的，换句话说，你受教育程度越高，你在生活里也会走得更远。”（引文同上）他这也是现身说法，他自己就是世界第一名校哈佛大学的法学院法学博士，一流的高等教育帮助他一再创造奇迹，他的奇迹说明，在现代社会，没有什么会像教育一样影响人的一生。

当然，最重要的还是这样一段话：“中国和印度的学生比以前更加努力地学习。你们将来要和他们竞争，你们在学校的成功不仅仅决定了你们的未来，也决定了21世纪美国的未来。”（引文同上）谢谢奥巴马对中国学生的肯定，他的评价基本上是客观的，当然也多少含有为激励美国学生而夸大对手的因素。无论如何，对中国学生的读书现状，咱们自己得心里明白，绝不能盲目乐观，不能被人家送的廉价高帽乐昏了头：看，美国总统都表扬我们了！要知道人家是在居安思危，未雨绸缪，暗暗和对手较劲，咱们也得有点忧患意识，要看到差距，看到严峻现实，看到竞争的激烈，为了自己的命运，也为了祖国的未来，发奋读书，努力学习，占领知识的制高点，掌握科学的主动权，以立于不败之地。

“他山之石，可以攻玉”，因而，我们有必要也仿照奥巴马的口吻对中国学生进行一番励志演讲：“美国和印度的学生比以前更加努力地学习。你们将来要和他们竞争，你们在学校的成功不仅仅决定了你们的未来，也决定了21世纪中国的未来。”

同学们，努力啊，“你们的未来掌握在你们的手中，除了你们自己，没人能书写你们的命运”！

自强不息的钱伟长

已故上海大学校长、中科院院士钱伟长，是一个传奇式的老人。早在20世纪60年代，他就与钱学森、钱三强一起被周恩来总理称为我国科学家中成就卓越的“三钱”。钱伟长老人学富五车，著作等身，是著名力学家、应用数学家、教育家和社会活动家；中国近代力学、应用数学的奠基人之一，特别是在弹性力学、变分原理、摄动方法等领域有重要成就。

“学到老，做到老，活到老”是钱伟长的口头禅。他认为，只有不断地学习，才不会老化，才能跟上时代的步伐。他说：“我36岁学力学，44岁学俄语，58岁学电池知识，不要以为年纪大了不能学东西，我学计算机是在64岁以后，我现在也搞计算机了”。90多岁高龄时，他还表示“到现在，晚上9点以后是我的自学时间”。从他的身上我们看到了什么叫作“自强不息”。

因为自强不息，他一生不论怎么坎坷，遭到什么样的境遇，都始终没有停下探索的步伐；因为自强不息，他勤思好学，不甘人后，直到耄耋之年，仍然头脑清晰、思维敏捷，活跃在教学、科研一线，精神仍处于相当年轻的状态，不知老之将至；因为自强不息，他在科学、政治、教育每个领域取得的成就都是常人无法企及的。

钱老的人生辉煌，中外闻名，得益于他的自强不息精神，得益于他“学到老，做到老，活到老”的生活习惯，所以，他就能在相同的时间里学到更多的知识，涉猎更多的学科，作出更多的贡献，谱写出更壮美的人生篇章。其实，推而广之，古往今来所有的卓越人物，无一不具有自强不息精神，也大都是“学到老，做到老，活到老”的楷模。

孔子一生勤奋，好学不辍，为实现自己的政治理想奔波不息，周游列国，七十高龄尚且“读《易》，韦编三绝”。明末顾炎武，奋斗一生，始终自强不息，直到老境仍以诗自励：“苍龙日暮还行雨，老树春深更著花。”他认为“有一日未死之身，则有一日未闻之道”。王夫之于垂暮之年，因病卧床，犹克服各种无法想象的困难，勤奋著书。《姜斋公行述》说他：“迄于暮年，体羸多病，腕不胜砚，指不胜笔，犹时置楮墨于卧榻之旁，力疾而纂注。”

《说苑·建本》记，晋平公向师旷问道：“我年七十岁了，很想再学习，恐怕已经晚了。”师旷说：“为什么不把蜡烛点着呢？”因为“年少又能好学，如同升起的太阳，阳光渐明。年壮又能好学，如同中午的太阳，光芒四射。年老又能好学，如同点燃的火炬，火光明亮”。这也就是说，只要我们有自强不息的精神，有不服老的韧劲，什么时候学习都是必要和有益的。如今，常见人不过50出头，便自称“老了”“不中用了”，什么也不想学，什么也不愿干，浑浑噩噩，消极度日，他们过去不可能有出息，今后更不会有作为，与钱老的自强不息精神相比，如同霄壤。

“天行健，君子以自强不息”，斯人虽逝，精神长存，我们当与钱老同行，继承其衣钵，弘扬其精神，奋发有为，自强不息。

谷超豪的“加减乘除”

2009 年度国家最高科学技术奖获得者、著名数学家谷超豪的人生，绚丽多彩，内容丰富，有人以“加减乘除”高度概括了他的科学研究、教书育人生涯，颇为传神和有趣。

首先是加法：谷超豪＋胡和生＝院士夫妇。一个书房两张写字台，每天，两位院士就在这里自我加压，以“五加二、白加黑”的拼命精神，在数学王国里遨游。其次是减法：日常生活－家务＝更多工作时间。对这对院士夫妻而言，日常生活则是一道减法题，挤出来的时间便用在了做学问上。再次是乘法：数学 × 文学＝丰富的人生。科学家与诗人似乎是两种气质不同的人。然而谷超豪却发挥业余爱好诗词的优势，做了一道成功的乘法，使自己的人生变得别样丰富。最后是除法：一生成就 ÷ 教学＝桃李满天下。几十年来，谷超豪一直参加由学生和青年教师组成的数学物理、几何讨论班，至今雷打不动。他直接指导的研究生中就有 3 位成为中国科学院院士。谷超豪说：“当年，老师苏步青对我说：‘我培养了超过我的学生，你也要培养超过你的学生’！如今回首，我可以向苏先生交账了！”

谷超豪先生的“加减乘除人生”，可以给我们许多有益的启迪，引导我们进行深刻思考。其实，我们每个人的生活中也充满了无数的加减乘除，世界上那些所谓事业成功者，就是合理运用了加

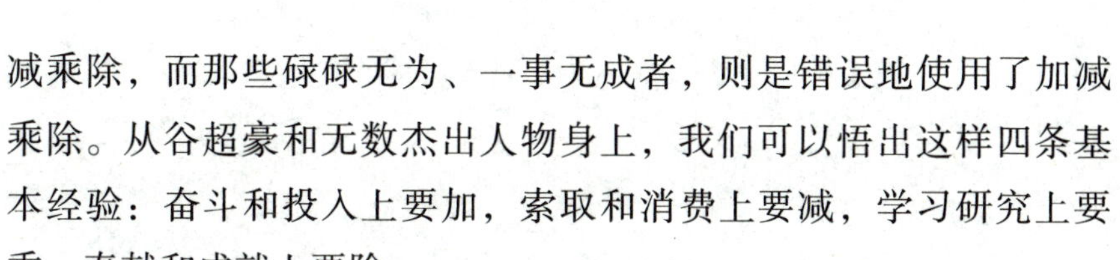

减乘除，而那些碌碌无为、一事无成者，则是错误地使用了加减乘除。从谷超豪和无数杰出人物身上，我们可以悟出这样四条基本经验：奋斗和投入上要加，索取和消费上要减，学习研究上要乘，奉献和成就上要除。

奋斗和投入上要用加法。这是最基本、最重要的一条，没有这一条，其他几条就都没有了立足之基。不论我们从事任何一项工作，要想出类拔萃，那就得比别人花更多的时间，投入更多的精力，花费更多的心血，就得加班加点，就得夜以继日，就得“为伊消得人憔悴，衣带渐宽终不悔”，非如此，就休想叩开成功的大门。

索取和消费上要用减法。这也是不可或缺的，前者是一种高尚的人生境界，力求奉献尽可能多地大于索取，后者是一种简约的生活态度，凡事力求节俭务实。人生苦短，我们花费在消费上的时间和精力越多，投入到事业上的时间和精力就越少。大家可能都有这样的经验，当我们还在流连忘返、陶醉于路旁景色时，那些行色匆匆惜时如金的人，早已把我们落下很远很远了。

学习研究上要用乘法，这实际上讲的是科学合理的治学方法。好的治学方法应该融会贯通，举一反三，真正的大师、泰斗，都是多才多艺、文理兼优的。谷超豪是数学 × 文学，钱学森是空气动力学 × 哲学，季羡林是外语 × 文学，钱钟书是外语 × 文学 × 史学，袁隆平是育种学 × 音乐，正是这别具一格的治学方法，使他们学科交叉，兼收并蓄，文理相得益彰，都乘出了大名堂，乘出了新天地，乘出了高境界。

最后是奉献和成就上要用除法。一个人的最高境界是奉献社会，奉献越多，我们的人生价值就越大，成就也就越大；一个真正大写的人，就应该把成就和奉献分给周围的人来共享。谷超豪是一生成就 ÷ 教学＝桃李满天下；林巧稚是一生成就 ÷ 接生＝生命满天下；袁隆平是一生成就 ÷ 育种＝丰收满天下。而且，这样一除，不论有多大的成就和荣誉都会变得微不足道，可以使我们谦虚谨慎，戒骄戒躁，做大海里永不干涸的一滴水。

王宝强的“抗打压”能力

练过武术的人都知道，练打功之前一定得先练挨打功，只有练好了不怕打的功夫后，才能练成进攻的招数。我们可能都看过那些表演硬气功的高手，不怕拳击、棍打、刀砍、枪扎，那是因为他们已练成了武功里著名的铁布衫、金钟罩，也就是挨打功夫的极致，不敢说刀枪不入，但一般人是打不倒他们的。

现实生活中，我们要想有所作为，不被困难和挫折击倒，也得练就过硬的抗打压能力，那些一阵风就能吹倒的人，是不可能做出什么事业来的。“草根”演员王宝强，就是一个抗打压能力特别强的演员。

最初他还在当群众演员时，同时还干着民工的活，因为群众演员的收入根本养活不了自己，就这样他还从微薄的收入里拿出一大笔钱用来冲洗照片，送给各个剧组的导演，希望他们能慧眼识珠。在工友眼里，他是个有妄想症的人。不知有多少人给他吹冷风，讽刺他，说他根本就不是这块料，说他是癞蛤蟆想吃天鹅肉，要他照照镜子看看自己到底啥模样。王宝强也曾有过短暂的犹豫：“我有什么比他们强的地方吗？连我自己都没看出来。我个子矮，长相一般，皮肤不好。除了会耍套把式，一无是处。”

若是换个人，受到这样的反复打压，恐怕早就灰心丧气，彻底放弃了，可王宝强不，每一次打压，他都顽强地反弹："你们越说我不行，我就越要做个样子给你们看看，我坚信自己就是与众不同。"

就这样，他在一次次打压下，"不放弃，不抛弃"，继续做他的演员梦，不知接洽了多少剧组，送出了多少张照片；他在一次次打压下，倔强地寻找机会，再小的角色也不放弃，再普通的群众演员角色他都演得认认真真，先是《盲井》，后是《天下无贼》，再后是《士兵突击》，一部比一部演得好，一部比一部影响大，最后终于脱颖而出，踏上了星光大道，成为观众喜爱的著名影星。

美国拳王阿里有句名言："打倒不怕，再站起来就是了。"在20多年的拳击生涯中，他不知多少次被打倒，也不知多少次把对手打倒，而且，关键是最后站在拳击台上的胜利者总是他，因此他22次获得拳王称号。就抗打压能力而言，王宝强就是个小号的阿里，虽然他的事业还刚刚开头，远不能和阿里相提并论，但毕竟都是在成功的路上驰骋，他们的成功都说明一个道理，不怕打压，不惧挫折，有坚强的韧劲，有不屈不挠的精神，才能把一个个困难踩在脚下，去创造在别人看来是不可能的奇迹。

王宝强说自己是个"内心强大"的人，他深有体会地说："人们对我的每一次否定，对我起的反作用，都比他们看出来的要大得多。"的确，"内心强大"的人，表面看来，或许形象孱弱，或许很不起眼，但有着坚强的意志，健全的心理，宽阔的胸怀，豁达的心态，他们在各种打击面前显得很"迟钝"，没有什么力量能使他们轻易低下头来，他们就像关汉卿说的那种"我是个蒸不烂、煮不熟、捶不扁、炒不爆响当当一粒铜豌豆"，对这种人来说，既然无法彻底打倒他，那最后躺在地上的一定是别人而不是他。

4

第四辑

乐观向上篇

寻找愉快的理由

美国心理学家本杰明在纽约开了一家心理咨询所，每天门庭若市，预约号常排到几个月后。本杰明谈起他受人欢迎的原因说，其实很简单，他的主要工作就是训练每位上门咨询者做一件事：启发他们寻找愉快的理由。比如，今天上班居然没有堵车，你搞定了一个很麻烦的客户，家里的宠物狗又学会一个新动作，老师表扬你的孩子了，你买到了一件中意很久终于削价的衣服，你和妻子一起看了一部很喜欢的电影，有人称赞你的新发型……诸如此类的生活细节，都可以作为愉快的理由，因为这是生活送给你的礼物。那些按本杰明要求去做的人发现，几乎每天都能轻而易举地找到十多个愉快的理由。时间长了，夫妻间的感情裂痕开始弥合；与同事的紧张关系趋向缓和；调皮捣蛋的孩子在眼里变得可爱了；以前觉得寡淡冷清的日子也开始觉得有滋有味了。

“月有阴晴圆缺，人有悲欢离合”，一个人每天都会遇到若干愉快或不愉快的事，影响我们情绪的往往是那些不愉快的事，譬如受到老板训斥，和饭店服务员吵嘴，孩子考试成绩不理想，家里下水道堵了，开车被剐蹭，而那些使我们愉快的事，特别是那些小事，或被我们漠视，或不经意就忘掉了。所以，我们每每会

在不良情绪中生活，感到郁闷失落，“人生在世不称意，明朝散发弄扁舟”。而这种情绪又会影响他人，搞得大家都不高兴，气氛越发沉闷。如果我们能像本杰明教授的那样，每天都悉心地寻找几个愉快的理由，让自己快活起来，改善心境，就会有效地提高生活质量，提高幸福指数，也改良生存环境。

我自己也有这方面的体会。多年来，每天晚上上床睡觉时，我都会极力回忆今天令我愉快的事，譬如，在报纸上发表了一篇小文章，收到了一张稿费汇款单，接到女儿的平安电话，吃到老伴做的我最喜欢的炸酱面，晚上散步时听了一个很有意思的笑话，读到一篇很美的文章，有人称赞我的体型保持不错……就这样，我想着想着很快进入甜蜜梦乡，第二天一天都是精神焕发，心情愉悦。我曾对很多人介绍过我的经验，不揣浅陋，颇有点“野叟献曝”的味道。

“理想很丰满，现实很骨感”，用古人的话来说就是“不如意事十之八九”，这是谁也绕不开的现实。上至高官显贵，下至贩夫走卒，都有自己的烦恼事，重要的是，不要老是被这些不如意事坏了心情，沉湎其中而不能自拔，要想办法寻找愉快的理由，少想不如意事，多想愉快的事。民国元老于右任曾写过这样一幅著名对联：“少思八九，常想一二”，横批是“如意”。既然“不如意事十之八九”的大趋势基本无法改变，那何妨索性忘掉或少思那不顺心的“八九”，多想想让人高兴的“一二”，自娱自乐。这可不是阿Q的精神胜利法，也不是鸵鸟的埋头战术，而是达观者的生活态度。想想看，虽兵荒马乱，颠沛流离，于老仍得享长寿，就获益于此啊。

“寻找愉快的理由”，要有善于发现美的眼睛，要有科学辩证的思想方法，要有积极乐观的人生态度。南宋洪迈在《容斋随笔》中记下《得意失意诗》：“久旱逢甘雨，他乡遇故知。洞房花烛夜，金榜题名时。”可被一个心灰意冷的秀才改成这个样子：“久旱逢甘雨——几滴，他乡遇故知——仇敌。洞房花烛夜——隔壁，金榜题名时——梦中。”瞧，就连人生最得意的事，在那些悲观者眼里也是灰暗凄清的，具有这种消极心态的人，请赶快到本杰明先生那里补补课，或者听听我的劝告吧，道理很简单：事在人为，境由心造，愉快就在身边，关键是要去寻找。

笑他三万六千场

苏东坡有言：人生不过百年，索性笑他三万六千场，一日一笑，此生快哉！所以，东坡一生，虽沉浮不定，祸多福少，但都没有挡住他的笑声，他是一个超常的乐观主义者，一个不可救药的嘻嘻哈哈派。虽然东坡没有活到一百岁，没有笑够三万六千场，但像他这种屡遭灾祸、多次面临死亡威胁的人，在那个年代能活到 64 岁，已算是个奇迹了。

有一个后人叫张学良，替他完成了“遗愿”，正好活了 100 岁。大约有 70 年的光景，他都处于囚禁或半囚禁状态，能享此高寿，也得益于他的笑功。1936 年“西安事变”之后，他便踏上了漫长曲折的幽禁之路。但命运的沧桑让他摸索出了一套“大笑养生法”。他说，想快乐就要把心胸放宽，不要想烦恼的事，整个心落下来了，身体才会松弛，才会由衷地发出笑声。就这样，他索性笑了三万六千场，笑成了百岁老人。

人生得意时，谁都会笑，这没什么；生活平淡时，时常笑笑，会提高幸福指数；而在倒霉低谷时，还能笑出声来，那就是道行了。火烧赤壁后，逃难在华容道上，丢盔弃甲、狼狈不堪，曹操仍能放声大笑，东山再起也就只是个时间问题了。果然，三国大战，曹操笑到了最后。

我们今天的娱乐形式，至少有一半是逗人发笑的，相声、小品、喜剧、滑稽剧等，都是在想方设法开发人们的笑声。每年的央视春晚，对于重头戏的相声、小品，导演都有硬指标，大笑若干次，中笑若干次，小笑若干次，费尽心机要让观众从头笑到尾。尽管每年大伙儿都会对春晚提出一大堆意见，可到时候还是会守在电视机前开心地笑一个晚上。

笑，不要成本，不需练习，张口就来，咧嘴就是，是世界上最物美价廉的东西。有的人非常吝惜笑容，整天一张阴沉沉的脸，生活在他周边的人也很郁闷。有的人整天喜眉笑眼，张嘴就乐，连周围的空气都是温馨的，与这种人打交道，感觉就是“如沐春风”。

苏大师提出“笑他三万六千场”，张少帅积极实践，足足“笑了三万六千场”，都成了历史美谈。你、我、他，何不也试他一试？让笑声与生活相伴，笑他三万六千场！

烦恼面前人人平等

过去常说法律面前人人平等，真理面前人人平等，这几年又说民主面前人人平等，自由面前人人平等，这都没错，值得宣传，值得追求。其实，如果放开眼界去看，世上许多问题面前，都是人人平等的。譬如，死亡面前人人平等，谁都无法抗拒死亡，"纵有千年铁门槛，终须一个土馒头"；烦恼面前人人平等，只要活着就有烦恼，而不论你是亿万富翁，还是讨饭乞丐，不论你是三军统帅，还是普通士兵。

什么是烦恼？就是烦身恼心，不得自在，闷闷不乐。欲望是烦恼的根源，欲望越大，烦恼即越多，但人又不可能没有欲望，所谓七情六欲人皆有之，所谓"无欲则刚"，是一种理想但又基本无法达到的境界。世界上烦恼最少的有两种人，一是天真无邪的儿童，二是精神病患者，只有他们才可能真正做到无忧无虑，可是，人总要长大，也没有人为了消除烦恼想当精神病患者。

就说佛门净地吧，有人实在难以忍受俗世烦恼，就干脆斩去三千烦恼丝，看破红尘，遁入空门。其实，即便出家当和尚，照样有新的烦恼，生活清苦，寂寞单调，佛经难学，久不开悟，岂不都是烦恼？尘世有烦恼，佛门照样有烦恼。自称"身是菩提树，心如明镜台”的大师兄神秀，不是也为了衣钵和师弟慧能争得你死我活，烦恼不胜。

烦恼人人都有，只不过烦恼的内容不同罢了。斗升小民烦恼的是，物价老是上涨，肉贵了，蛋贵了，菜也贵了，月底一算，生活费又多了百把元，老婆埋怨老公烟抽多了，老公指责老婆化妆品用得太滥。富豪大款烦恼的是，孩子不成器，个个纨绔，只会吃喝玩乐，这辛辛苦苦挣下的亿万家资，不知该让谁继承为好，弄不好就会重蹈“富不过三代”的覆辙。

普通员工烦恼的是，工资涨得太慢，花钱地方太多，竞争激烈，危机四伏。想升职，一个位置好几个人在等，个个虎视眈眈；又担心公司裁员频仍，说不定哪天就被炒鱿鱼。公司老板烦恼的是，成本又提高了，利润又下降了，竞争对手又出新招了，职能部门又来“打秋风”了；忙一天了，晚上还有两拨客户要应酬，不喝个昏天黑地，不来个“一条龙”服务，休想拿到订单。

回到家里，烦恼也不少。张家烦恼的是孩子学习太差，没考上大学，只能在家门口找个一般工作，糊口而已；李家烦恼的是孩子太优秀，上名牌大学，出国留学，一去不回，杳如黄鹤，想见一面比登天还难。

基督教说，人有原罪，所以生就是来受罪的，这未免有些牵强。但如果说人生来就是与烦恼作伴的，没有烦恼就没有人生，似不无道理，就连佛也说“烦恼即菩提”。人生识字忧患始，忧患即是烦恼。

既然如此，人能做的就是首先不要自寻烦恼。家有娇妻贤妇，你偏到外边拈花惹草，结果欠下风流债，染一身性病，后院起火，举家不安，可不就是自寻烦恼。看见别人升职发财，你嫉妒得眼睛发红，心里冒火，寝食不安，也是自寻烦恼。高官厚禄，养尊处优，钱多得花不完，却又贪污受贿，疯狂聚敛，到末了，赃钱成了罪证，红包变成锁铐，这岂不是自寻烦恼？

再就是要善于自我解脱烦恼。知足常乐，既然太多的欲望是产生烦恼的根源，那就不妨稍许克制欲望，冷一冷过盛的名利之心，淡一淡那贪得无厌的占有欲，看轻身外之物，不要凡事都争，见好处就上，像红顶商人胡雪岩那样，“前半夜想想自己，后半夜想想别人”。

烦恼无所不在，人人有份，个个难免。烦恼来了，要想办法化解；平安无事，不要自寻烦恼，这就是生活的智慧。

读读《宽心谣》

佛学大师赵朴初先生92岁时写过一首《宽心谣》，通俗易懂，朗朗上口，且贴近生活，所以流传甚广，颇受人们喜爱，至今读来仍发人深省：

日出东海落西山，愁也一天，喜也一天；
遇事不钻牛角尖，人也舒坦，心也舒坦；
每月领取养老钱，多也喜欢，少也喜欢；
少荤多素日三餐，粗也香甜，细也香甜；
新旧衣服不挑拣，好也御寒，赖也御寒；
常与知己聊聊天，古也谈谈，今也谈谈；
内孙外孙同样看，儿也心欢，女也心欢；
全家老少互慰勉，贫也相安，富也相安；
早晚操劳勤锻炼，忙也乐观，闲也乐观；
心宽体健养天年，不是神仙，胜似神仙。

《宽心谣》讲的都是不起眼的生活琐事，但又都与每个人息息相关。处理好这些家长里短，保持良好心态，进可建功立业，奉献社会，退可享受生活，颐养天年。不夸张地说，非大智慧不能悟出这番道理，认真践行则会受用无穷，“人也舒坦，心也舒坦”。

或有人认为，这些说道都是那些与世无争、心灰意懒的中老年人的自我安慰，自我调适。其实不然，大千世界，芸芸众生，无论是意气风发的青年才俊，还是垂垂老矣的退休人员，无论是志得意满的高官显爵，还是无品无级的斗升小民，都需要有一个健康的心态，都需要宽阔的心胸，都需要“忙也乐观，闲也乐观”，不如此，你将心有羁绊，胸似牢笼，处处受制，步履维艰。

西哲有句名言说：世界上比大海宽阔的是天空，比天空宽阔的是人心。我们的老祖宗则说得更形象：宰相肚里能撑船，将军额头能跑马。古往今来，那些活得比较潇洒的成功者，那些得享天年的长寿者，无一不具有宽阔的胸襟，宏大的度量。他们与人相交，有容人之心胸；谋事兴业，有承受失败之襟怀，幸运的果实砸在他们头上，绝不是偶然的。

有人为什么会自寻短见，原因固然很多，但归根结底就是三个字：心窄了。心一宽，多大的事都不叫事，天塌下来也照样该吃就吃，该喝就喝；心一窄，屁大的事都要寻死觅活，一根稻草就能把人压垮。我们冷眼旁观，其实一些自杀者的理由都不是什么了不起的大事，譬如情人失恋、商家破财、夫妻吵架、赌徒赔本，还有高考失败、股市折戟、官场失意、明星遇冷等，大都是因为“心一窄”，便走上不归路，其实很不值。如果要对那些有轻生倾向的人对症下药，最好的药方就是俩字：宽心。

宽心，就是要看轻身外之物，淡泊名利。钱财上的事，“多也喜欢，少也喜欢”；一日三餐，“粗也香甜，细也香甜”。平心而论，人的物质享受是很有限的，所谓“日食一升，夜眠八尺”，既然再多都是浪费了，又何必事事都斤斤计较，处处要与人一竞高低？

宽心，就是宽容自己也宽容他人。人非圣贤，皆有瑕疵，因而，与人相处，不必苛求，最好是各留一分天地，相互并行不悖，自己往宽里走，也让别人向宽里行。即便是狭路相逢，也不必斗得你死我活，力求双赢是上策，或者各退一步，以求得海阔天空，云淡风轻。

宽心，要达观处世，乐观生活。人生在世，活的就是个心态，既然是“愁也一天，喜也一天”，干吗要终日愁眉苦脸的，还是“哭比笑好”。不妨学学齐白石，宠辱不惊，“人誉之一笑，人毁之一笑”；学学苏东坡，苦中作乐，“百年须笑三万六千场，一日一笑，此生快哉！”

《宽心谣》，既有俗世之家常，又有佛家之禅意，既有出世之洒脱，又有入世之务实，乃大雅大俗之作。常读《宽心谣》，吸收其精华，领会其要旨，心会变宽。心宽，眼界就宽，生活之路宽，朋友圈宽，纵横驰骋的天地宽，自然就会“不是神仙，胜似神仙”。

跌倒时笑最可贵

日本著名哲学家中江兆民，早年留学法国，学养厚重，著述译著多部，人称“东方卢梭”。1901 年，他 54 岁时被检出患了咽喉癌，医生判断最多只能活一年半。他在“只要有一口气，就一定有事可做，也可过得愉快”的信念支持下，开始最后两部著作的写作。最终他没有活过一年半，但枯瘦得像仙鹤一样的他，却以超常的毅力，完成了日本学术史上里程碑式的著作《一年有半》和《读一年有半》。他在重病期间写的名诗《跌倒时也要笑》，也在日本不胫而走，流传至今。

跌倒也要笑，是苦中作乐的顽强精神，是不屈不挠的人生态度，具有这样的可贵品质，早晚会走出低谷，再创辉煌，即便壮志未酬，也会虽败犹荣，虽死犹生。

当年，曹操兵败赤壁，80 万大军被扫荡一空，身边只有数骑。逃亡路上，将士都心情沮丧，无精打采。曹操却谈笑风生，似乎是在凯旋。他的乐观情绪感染了周围的人，行进速度明显加快，不久便脱离险境，回到魏地。后来重整旗鼓，卷土重来，也没花太长时间。

苏东坡因乌台诗案被贬谪，这一跤让他跌得惨不忍睹，先贬黄州，又贬颍州、惠州，最远贬到海南儋州，这是仅比满门抄斩罪轻一等的处罚。面对人生低谷，超强的乐观精神救了他，东坡放言："百年须笑三万六千场"，于是，黄州城外赤壁山前开怀一笑，《赤壁赋》《后赤壁赋》和《念奴娇·赤壁怀古》等千古名作便横空出世，奠定了他文化伟人的历史地位。

金圣叹因受"抗粮哭庙"案牵连而被朝廷处以极刑。行刑日凄凉肃穆，杀气腾腾。吃完"送行饭"，金圣叹叫来狱卒说"有要事相告"，狱卒慌忙跑来，没想到他贴近狱卒耳边，故作神秘地说："花生与豆干同嚼，大有肉之滋味，此中秘密，幸勿外传。"说完，哈哈大笑，声震房宇，面对死神犹能说笑自如，大彻大悟的他走得一定安详。

曾有人说，三个苹果改变了世界：一个苹果诱惑了夏娃，一个苹果砸中了牛顿，还有一个苹果在乔布斯手中，这个苹果被咬去一口，是他多年遭受苦难的隐喻。创业、跌倒、再创业、再跌倒，经过十几年的打拼，他终于有了自己的公司和产品。可是，他的手下居然发动"政变"，把他从自己的公司扫地出门。跌了这样的大跟头，他不过淡然一笑，又开始重新创业。不久，机会来了，他原来的公司终于看到了他的价值，又请他回去主持大局。从此，他便如鱼得水，大显身手，事业一路高歌，奇迹接连出现，他的产品影响了整个世界。

笑一笑，十年少；愁一愁，白了头。但是，成功、胜利时笑，得意、幸福时笑，都不足为奇，那是人之常情，谁都能行。而失败、铩羽时还会笑，折戟、落难时还能笑，就非常人所能为，必有过人之处，或为百折不挠的英雄好汉，或为意志超强的仁人志士。对他们来说，失败只不过是成功前的一次演习，落难无非是人生的一种体验，身处低谷只是为攀登高峰积蓄能量，卧薪尝胆是为了换来"三千越甲可吞吴"，只要能顶得住，不泄气，咬紧牙关，笑对坎坷，就必然会迎来柳暗花明又一村。这样，你可能就是笑到最后的曹孟德，笑傲天下的乔布斯，笑贯千古的苏东坡。

霍金为何快乐

按一般常识判断，全身瘫痪的科学家霍金应该是最不快乐的人，可近日他在接受采访时却表示，感到非常快乐。他对《纽约时报》记者说：“我告诉自己不要自怨自艾，因为还有很多人的情况比我更加不幸。我必须努力去做我现在还能做的工作。我现在感到比得病之前更加快乐。”

霍金为什么快乐？我以为他的快乐主要得益十三个方面：

一是投身事业，从事业中寻找乐趣。尽管身躯正遭受病魔的不断蚕食，但霍金说他从来没有被击垮。而是将自己的全部注意力都集中到寻出宇宙中最深刻的奥秘，探索从大爆炸理论到黑洞的基本原理，乐此不疲，甘之如饴。经过多年研究，霍金提出一套描述黑洞在宇宙大爆炸后诞生的理论，并首次提出黑洞存在辐射，这一辐射现象被称为“霍金辐射”。他的有关科学和宇宙的著作《时间简史》获得巨大成功，发行量达到了天文数字，也使霍金成了宇宙论领域的超级巨星。他说：“我很幸运能在理论物理学领域工作，这是我的残障不会造成很大影响的为数不多的几个领域之一。”

二是幽默豁达，善于苦中作乐。目前，霍金只有靠眼皮的活动来“说话”，即有专门的传感器夹在霍金眼睛旁边，将霍金眼睛及脸部肌肉的变化输入到专门的软件，经处理解码后转换为文字信号。可谓苦不堪言，即便如此，他仍妙语连珠，诙谐幽默，脸上总是带着霍金式的顽皮笑容，给自己也给人们带来快乐。在北京，他对热烈欢迎的人们开玩笑说：“我可不算好汉，因为我没去过长城。”在纽约，他对观众说：“我不打算将科学发现带给我的快感和做爱进行比较，不过科学发现带来的快感确实更加持久一些。”其奇妙的思维，睿智的演讲，幽默的谈吐，被媒体称为“抬抬眼皮仍能‘震撼’天下”。

三是热爱生活，从生活中体验快乐。霍金虽全身瘫痪，却始终充满生活乐趣，总是显得生机勃勃。他酷爱音乐，既喜欢贝多芬、莫扎特的传统经典名曲，也喜欢猫王、杰克逊的流行歌曲。他爱好文学，常让护士给他读经典名著和获得诺贝尔文学奖作家的作品。他还在电视系列剧《星舰奇航记》中饰演过自己，与爱因斯坦及牛顿一起打桥牌；他亦曾在美国卡通片《辛普森一家》中“演出”。最不可思议的是，他还喜欢跳舞，当他坐上轮椅后，还不甘寂寞地以轮椅当脚活跃在舞池里，在出访莫斯科的饭店中，他提议大家跳舞，并在大厅里转动轮椅“翩翩起舞”。当他与查尔斯王子会晤时，还旋转自己的轮椅来炫耀“舞姿”。正因为其“多才多艺”，他被接纳为英国皇家艺术学会荣誉会员。他常对人说：“我非常喜欢生活、热爱生活。在工作和家庭中得到了很大的快乐。”

日常生活中，我们常见到一些人为一件不顺心小事就闷闷不乐，怨天尤人，甚至失去生活信心，与霍金比，他们是身体没有残疾而心灵有了残疾，如果连全身瘫痪、备受煎熬的霍金都感到很快乐，我们就没有任何理由不快乐。你想快乐吗？就请你像霍金那样投身到火热的事业中，工作是美好的，奋斗和成就会带给你快乐；像霍金那样培养幽默的性格和豁达的胸怀，幽默是快乐的兄弟，会驱走忧郁的心情，豁达是快乐的朋友，会化解你的不快；像霍金那样热爱生活，拥抱生活，在生活中发现美、体验美、创造美，美好的事物会使我们备感快乐。

快乐是人生给我们的厚赐，拒绝快乐是最愚蠢的事，想想霍金那招牌式的顽皮笑容，咱们干吗还愁容满面呢？

心理放阳光点好吗

“你心理放阳光点好吗？”这是虎年春晚小品《一句话的事儿》的经典台词，节目因内容是时下几乎每对小夫妻都曾发生过的生活片段，让人感到真实和温情。而小品中反复出现的这句“你心理放阳光点好吗”不仅告诉夫妻们要彼此信任，相互理解，也提醒我们每个人都应当让自己的心里充满阳光。

阳光有两大特点，一是光明，二是温暖。心理阳光的人也是这样，他们心胸磊落襟怀豁达，做事光明正大，是非分明，说话直来直去，无一言不可对人语，为人坦坦荡荡，不遮不掩；平时乐于助人，与人为善，见不得别人有难，一定要帮一把；而且他们既无防人之心，更无害人之心，相信明天更美好，相信世界上好人多，相信善有善报。

心理阳光的反义词是心理阴暗。心理阴暗的人，喜欢疑神疑鬼，对人有过分的防范意识；喜欢记仇，报复心重，睚眦必报；忌妒心理极强，心胸狭隘，见不得别人好，常以小人之心度君子之腹；每每拨弄是非，唯恐天下不乱；见人有难，则幸灾乐祸，甚至落井下石。还自诩“成熟老练”，有丰富的社会经验，如果这就叫成熟，那也是“畸形成熟”。

我们可能都有这样的体会，和一个心理阳光的人交往，轻松愉快，如坐春风，总觉得时间过得很快，留下美好印象。而且，有好处大家分享，有困难大家共同分担，与心理阳光的人一起合作还容易出成就，美国著名的劳伦斯伯克利国家实验室，进人时就有严格心理测试，非“心理阳光”型的坚决不要，正因为具有一个充满阳光的环境，实验室建立以来，一共培养了9位诺贝尔奖得主。反之，和一个心理阴暗的人打交道，则沉重郁闷，不仅要互相提防，还要费尽心机，努力揣测对方真实用意，简直如坐针毡，觉得时间难熬，度日如年。

《水浒》里的好汉李逵，就是个典型的阳光汉子，他性情豪爽，率性而为，说话从不掖掖藏藏，打仗总是冲在前边，不屑于追名逐利，也不知阴谋诡计为何物，疾恶如仇，眼睛里揉不得沙子。即便是他的大哥宋江，他听说其有强抢民女之过，照样挥着板斧砍去，后来知道错怪了，他也会毫不犹豫地负荆请罪。所以，尽管他胸无点墨，处事鲁莽，山寨里的人都喜欢和他交往。书评家金圣叹也批曰:“此乃天下最可爱之人。”其可爱，就在于心理阳光。而白衣秀士王伦，则是个心理阴暗的小人，气度狭窄，嫉贤妒能，结果被林冲杀死，死得毫无价值。金圣叹批曰：“梁山第一快事。”

要做个心理阳光的人，倒不一定学江湖好汉李逵，但至少我们要有君子之风，即有宽阔的襟怀，有光明磊落的操守，有与人为善的心胸，有坦荡豁达的性格，让阳光照亮自己心田也照亮别人心田。具体来说，对爱人要互相信任，互相忠诚，绝不相互猜疑，捕风捉影，建立起一个幸福家庭；对朋友要热诚相待，宽以待人，严以责己，打造一个真诚互助的朋友圈子；对同事要相互尊重，相互帮助，真心相待，赤诚相见，营造一个美好的工作环境。因而，当我们为名利得失心情沮丧时，当我们为一点误会争吵不休时，当我们为他人的不敬而恼羞成怒时，当我们为同事的进步提升而妒火中烧时，请及时提醒自己一句:“你心理放阳光点好吗？”

歌里唱道“我们的生活充满阳光”，如果我们每个人的心理也能放阳光点，充满光明与温暖，我们就会拥有一个阳光明媚、春风习习的良好环境，就能建成令人向往的美好的和谐社会。

齐白石的“两笑”

大画家齐白石有一个座右铭:“人誉之一笑，人骂之一笑。”

“木秀于林，风必摧之。”在很长一段时间里，他都曾是一个有争议的画家。对他的画风和成就，有人大加赞赏，认为他是一位百年难现的艺术大师，“诗书画印”无所不精，从他笔下流动出来许多的人物、山水、花鸟，都洋溢着浓郁的乡土风情。但也有人或出于偏见，对他进行攻讦；或出于嫉妒，向他泼污水；或出于无知，对他妄加评论。老人一概置之不理，听之任之。

人誉之一笑。因为他的头脑很清醒，知道学无止境，天外有天。画坛流派纷呈，各有千秋，人家尊自己是大师，自己却万万不能以大师自居。人怕出名猪怕壮，如果骄傲自满，就该落后了，就离被淘汰出局不远了。所以，尽管他长期生活在荣誉与花环中，水到渠成地成为人民艺术家、中国美术家协会主席、人民代表大会代表、国际和平奖获得者……但他既不得意忘形，也不故步自封，而是很洒脱通达地“一笑了之”。

人骂之一笑。饱经风霜又看惯世态炎凉的白石老人深知，人多嘴杂，众口难调，各人欣赏眼光不同。对同一幅艺术作品，喜欢者可能会捧到天上，厌恶者可能会踩在地上，且不说还有人心存偏见或嫉贤妒能。所以，不必太在意外界的风风雨雨，骂声、嘘声、喝倒彩声，虽然也难免会声声入耳，但这个耳朵进那个耳朵出也就是了。为此，他还给自己立了养生之道“七戒”——酒、烟、狂喜、悲愤、空想、懒惰、空度。当然，对于那些真知灼见，即便有些刺耳，老人也是从谏如流的。

不知道是否巧合，与他同时代的还有一位老人，马寅初，也是用“两噢”来回答世人毁誉的。

1960年3月31日，马寅初因《新人口论》而被狂风暴雨般批斗了几个月后，终于被免去北大校长的职务，儿子回家告诉他这个消息时，他只是漫不经心地“噢”了一声，便不再言语，仿佛是一件不值得一提的小事，继续看书，神态自若。

1979年9月14日，北大隆重地召开大会，给马寅初平反，恢复其名誉，并对他进行高度评价。此时，马寅初已经是97岁的老人了，但仍然健康清醒。当儿子回来告诉他这一喜讯时，他心不在焉地“噢”了一声，不置一词，照旧闭目养神，心如止水，好像这事与他没什么关系。

齐白石的“两笑”与马寅初的“两噢”，让我读懂了一个成语：宠辱不惊。据说齐白石也特别喜欢这个成语，平素有人来求墨宝，他写的最多的也是这几个字。他的书房里就挂着取自《菜根谭》的一幅名联：“宠辱不惊，闲看庭前花开花落；去留无意，漫随天外云卷云舒。”

由是观之，古今中外，大师泰斗，文化名流，都要有点宠辱不惊的功夫，有点“人誉之一笑，人骂之一笑”的本事才行。否则，胸无沟壑，浮躁浅薄，一捧就飘，一骂就跳，是永远难成大器的。有句俗话说得好：“人在江湖飘，谁能不挨刀。”文化名人，头面人物，不受批评、不遭非议、不被调侃、不被人嫉妒的，几乎没有，而且是大名气遭大非议，小名气遭小非议，谁也不能幸免。鲁迅，那名气和成就够大了吧，可攻击、非议鲁迅的言论什么时候消停过？余秋雨，也曾红极一时，凡有井水处皆有其文，但余秋雨也是当代作家里遭受攻讦、非议最多的一个。其中是非正误、真假虚实，谁能说清道明？还是清者自清，浊者自浊，求个问心无愧。

最厉害的武器是微笑

最近，著名影星李连杰登上美国《时代》周刊最新一期封面，被誉为缔造了从武术家变成慈善家的“杰世纪”，李连杰表示：“我花了超过20年的时间，才体会最厉害的武器是微笑，最强大的力量是爱，现在我要凝聚这种力量，传递给更多有需要的人。”

什么是最厉害的武器？可谓仁者见仁，智者见智，古人眼里的独门暗器——血滴子，现代人眼里的原子弹、核潜艇，都是很厉害的武器。而且，还有成千上万的人正在研制更新、威力更大的武器。在那些战争狂人、杀人恶魔看来，只有掌握了最厉害的武器，才能称霸世界，征服人类。其实，他们已经把自己变成了杀人武器的一部分，一时称霸世界或有可能，要想征服人类，哪怕只是一时，都是痴心妄想。

练武出身，半辈子都在银幕上打打杀杀，号称国际“打星”的李连杰，能悟出“最厉害的武器是微笑”的道理，确实难能可贵。人与人本就该和睦相处，微笑相对，赤诚相见，“己所不欲，勿施于人”，因而，从根本上说，人类不仅不需要“最厉害的武器”，任何武器都不需要，所以，刀枪入库，铸剑为犁，化干戈为玉帛，一直是世世代代人们的美好理想。1928年，海明威发表的名著《永别了，武器》，就代表了亿万民众的心声。

“最厉害的武器是微笑”，的确如此。达芬奇笔下蒙娜丽莎的神秘微笑，曾使多少人为之倾倒，迷恋，感受到了美的真谛；禅宗的“拈花一笑”，表明了佛家详和、宁静、安闲、美妙的心境，更是征服了历代无数僧俗。NBA 赛场上有个叫托马斯的球星，不论输赢，不管面对多么强大的对手，都始终带着灿烂笑容，他以动人的微笑和高超的球技，赢得了广大观众喜爱，当选 NBA 历史五十大球星，被称为“微笑刺客”。

微笑，是“最厉害的武器”，同时也是“最美丽的武器”。世界名模辛迪·克劳馥有一句名言：“女人出门若忘了化妆，最好的补救方法便是亮出你的微笑。”同一个人，微笑时像天使，皱眉时就可能像撒旦。可是，我们一些人，却偏偏极端地吝惜自己的微笑，总喜欢横眉冷对，他不知道满脸的“阶级斗争”会给他人带来不快。

微笑，还是“最有效益的武器”。俗话说“和气生财”，一个微笑的小贩，肯定要比黑着脸的小贩生意要好得多；一个微笑的老板，也会比一个脸部肌肉僵硬的老板拿到的订单多；一个微笑的推销商，必定比一个表情呆滞的推销商卖掉的产品多。所以，当我们每天要去上班时，请对大楼电梯管理员微笑着说一声“早安”，微笑着跟大楼门口的警卫打招呼，微笑着对地铁的检票小姐示意，微笑着向同事问好，微笑着与客户洽谈……你会发现，每一个人也会对你报以微笑，你会整天都是精神愉悦的，工作效率在微笑中提高，经济效益在微笑中上升，钱包也在微笑中变鼓了。

微笑，还是“使用最广泛的武器”。医生的微笑，使患者温暖；老师的微笑，使学生心安；售票员的微笑，使乘客舒心；播音员的微笑，使观众愉悦；上司的微笑，使属下感到亲切。有微笑的地方，春风荡漾，阳光和煦；有微笑的人群，一团和气，其乐融融。就连在冷冰冰的网络世界里，人们也发明了一些意象化的微笑符号，丰富了人类微笑在计算机之间的传递。每当看到这样的微笑符号，我们心底就会油然而生一个现实的笑脸，产生一种温暖的感觉。

雨果说：“阳光和鲜花在达观的微笑里，凄凉与痛苦在悲观的叹息中”。微笑，是战胜困难、赢得比赛的利器；微笑，是征服人心、美化社会的法宝。请不要吝惜你的微笑。

偶尔软弱

内心再强大的人，也都有过偶尔软弱的时候。人的生命就像一张紧绷的弓，老是那么紧张地绷着，弓弦很容易断，所以古时那些善于爱护良弓的人，都会时不时松松弓弦，这样，真到了该用的时候，才能发挥作用，射雕射虎。人也是如此，如果实在做不到一张一弛，那也应该偶尔放松一下自己，让自己不再扮演顶天立地的钢铁汉子，展示自己柔软的一面。一世英雄的楚霸王，如果允许自己软弱一回，渡过乌江，卷土重来，那天下还不一定归谁呢。可见，允许自己偶尔软弱，会使人更有弹性，更有韧劲，也更像一个活生生的人，而不是一台死板的机器。

一个踌躇满志的人，也会偶尔有点失落感。虽然你事事得意，处处成功，信心爆棚，可喜可贺；但别忘记了，月有阴晴圆缺，人有悲欢离合，你不可能永远要风得风，要雨得雨，总有不得志的时候。小说里，周瑜火烧赤壁时，八面来风，雄姿英发，“谈笑间樯橹灰飞烟灭”，何其英雄盖世，可他也有失落的时候，孔明“三气周瑜”时，他“赔了夫人又折兵”，不是也把他气个半死？所以，事业有起有落，生活有得有失，不可能尽如人意，我们偶尔有点失落感也很正常，只要尽力了，做到问心无愧就行了。

一个非常勤奋的人，干事业倾情投入，不肯浪费一点时间，废寝忘食，殚精竭虑，精神固然值得敬重，但很容易积劳成疾，甚至于最后“鞠躬尽瘁，死而后已”。因而，那些拼搏起来就不要命的人，那些信奉“五加二、白加黑”精神的拼命三郎，也需要偶尔懈怠一下，给自己放个假，什么事都不干，就是玩儿，就是吃，然后再回来工作时，就会精神倍增。袁隆平就颇谙此道，他除了搞水稻杂交试验，还会偶尔拉拉琴，打打麻将，逛逛街，就是因为他善于忙里偷闲，放松自己，所以，古稀之人还精力充沛地工作在绿色的田野中。

我们还可以偶尔情绪低沉，打不起精神，萎靡不振；偶尔“老夫聊发少年狂”，干一些平常不干的事；偶尔懒惰一下，不干事情，就坐在那里发呆；偶尔发泄一下，哭闹一回，摔个盘子；偶尔荒唐一回，只要不是常态就好。当然，奋发有为、朝气蓬勃、自强不息，才是我们持久的人生态度。

不要怕被埋没

时不时的，总听到有人埋怨说自己被“埋没”了，特别是在喝高了酒，有几分醉意后。

当作家的人说：我都写了那么多作品了，还没有出名，这世界真不公平！当演员的人说：快演一辈子了，还是跑龙套，我的艺术才华算是埋没了！做官的人说：论本事，论资历，本来那个位置是我的，生生被人挤掉了，想起来就生气。做生意的人说：我是有经商才能的，可惜生不逢时，环境太差，要不然我也能当李嘉诚。甚至半老徐娘也埋怨自己当年嫁得太窝囊，一朵鲜花插在牛粪上，要搁今天，怎么着也得嫁个千万富翁。

总之，许多人心里都似明似暗，隐隐约约，有一种被埋没的感觉，似乎王勃的“冯唐易老，李广难封”两句话，就是为自己鸣不平的。

那么，什么人才算是没被埋没的呢，如果用世俗的眼光看，无非是做大官的，发大财的，出大名的，享大福的载入史册的几种人。可是，纵览古今中外，历朝历代，这几种人什么时候都是少数，那也就意味着，绝大多数人都被“埋没”了。

譬如说作家吧，中国作协有七千多会员，省市作协有十万多会员，可是真正写出名的不过一两百人，在全国有影响的，也就是三四十人。许多作家辛辛苦苦写了一辈子，也有几百万字作品问世，仍然是默默无闻。换言之，被埋没了。

再如演员，总数不得而知，大致匡算一下，说全国有几十万人不算夸张。光是北京一地，就有十万之众，号称“北漂”。北京电影制片厂的门口，每天都挤着上千名演员，黑压压一大片，眼巴巴地等着剧组来挑，即便被挑上了，顶多也就是匪兵甲、群众乙，连句台词都没有。其实，他们中间有表演天赋的还真不少，没办法，僧多粥少，只好被“埋没”了。

还有，“一将功成万骨枯”，一次大战，动辄参战百万人，死伤几十万人，可历史往往只记载了双方的统帅和战役的名字，其他人呢，就成了一个普通的数字。像秦赵长平之战，人们只记住大将白起和赵括两人的名字，还有“坑赵卒四十万”一行字，可怜那四十万赵卒，连肉体带名字，都被彻底埋没了。

其实，谁都没有被埋没，每个人都有存在的价值，一个不害怕被埋没的人，就永远不会被埋没。不论从事什么职业，只要在干着自己喜欢的事业，在创造着价值，在奉献着社会，做着有益于他人的事，你就没有被埋没，你就有存在的意义。又何必在乎名气大小，职位高低，财富多少，有没有人记得你呢?

走出患得患失的小圈子，摆脱名缰利锁，看轻身外之物，不去胡乱攀比，顾影自怜，就不会有被埋没的恐惧。看看我们身边那些普通人，心地单纯，安分守己，日出而作，日落而息，吃得香，睡得甜，就从没有害怕被埋没的念头。

从另一种终极意义上来说，青山处处埋忠骨，哪里黄土不埋人?人人最终都是要被埋没的，不在这里埋没，就在那里埋没，不被埋没是暂时的，被埋没是永恒的。就连我们栖身的地球，也早晚会被埋没，怕也没用，操心更是杞忧。人生苦短，几十年光景，说过就过去了，就不要自寻烦恼，无事生非，抓紧时间干自己该干的事要紧。

莫斯科有一座著名的无名烈士碑，铭文写着：“谁都没有被忘记，谁都没有忘记什么。”那些终日忧心忡忡，害怕被埋没的人，不妨细细品味其中含义，对你平静心态，从容做人，大有裨益。

稀释痛苦

一个小和尚家中遇到不幸，十分痛苦，久久不能解脱，每天都很消沉。老和尚让他到集市买回一袋盐，舀了一勺盐放进一碗水里，让小和尚尝，小和尚说“咸得发苦”；又舀了一勺盐放进一盆水里，让小和尚尝，小和尚说“还有一点咸味”；又舀了一勺盐放进大水缸里，再让小和尚尝，小和尚说“一点咸味也没有了”。老和尚开导他说，痛苦就像这一勺盐，如果你的胸怀只有一碗水那么大，就会痛苦不堪，难以忍受；而你的胸怀如果能有一个大水缸那么大，痛苦就要小得多，因为痛苦被稀释了。

古人说“不如意事十之七八”，痛苦是我们经常遇到的事。失恋、破财、生病、事业失败、升职受挫、高考落榜、下岗失业、亲人去世等，每件事都能让我们感到痛苦。有的人反应强烈，哭天喊地，欲死欲活的；有的人就比较冷静，能控制自己的感情，承受力较强，情绪也没那么大的波动。差别之一就在于胸怀，有人心胸只有一个碗那么大，一点痛苦就让他觉得无法忍受，痛不欲生；有人心胸有一个大水缸那么大，再大的痛苦在他那里也被稀释了。

毛泽东的儿子毛岸英牺牲在朝鲜战场，听到这个噩耗，他当然是很痛苦的，老年丧子，是人生一大悲痛。但他想到的是同样还有成千上万的志愿军烈士，想到的是“要奋斗就会有牺牲”，想到的是保家卫国的大局，所以，沉默良久后，他十分平静地说，谁叫他是毛泽东的儿子呢！不仅如此，他还以博大的胸怀，竭力开导失去丈夫的儿媳，并力主把毛岸英的遗体同其他牺牲的烈士一样安葬在朝鲜。

事业同样也可以稀释痛苦。水稻专家袁隆平年轻时，曾有过失恋的痛苦。1956年，袁隆平与一位年轻女教师双双坠入爱河，但在反右斗争中，有人贴了批判袁隆平的大字报，他险些被划为“中右”。在强大的政治压力面前，那位姑娘退却了。30岁的袁隆平陷进了失恋的痛苦之中。但他没有因此而沉沦，而是把全部精力投入到教学和科研中去，用紧张的工作来稀释失恋的痛苦。3年后，不仅他的事业有了良好的进展，同时也收获到了爱情的果实。妻子既是他生活的伴侣，又是他事业的助手，伴随他一路风雨，一路辉煌。

时间更可稀释痛苦。我们可能都有这样的体会，距离越近的痛苦，感受越强烈，时间越久远的痛苦，感觉越淡漠，有的甚至渐渐被淡忘了。所以，面对痛苦，我们一定要善于安慰自己，相信时间是治疗所有痛苦的最好药物，时间能稀释一切痛苦，这里需要的是耐心和等待。痛苦难挨之时，我们不妨背背普希金的名诗：“假如生活欺骗了你，不要悲伤，不要心急，忧郁的日子里需要镇静。相信吧，快乐的日子将会来临。心儿永远向往着未来，现在却常是忧郁，一切都是瞬息，一切都将会过去，而那过去了的，就会成为亲切的回忆。”

佛家有云，人生就是来受苦的，生老病死之苦，饥寒交迫之苦，战乱灾荒之苦，生离死别之苦，不一而足。痛苦将会伴随我们一生，但这没什么了不起，关键是我们不要被痛苦所击倒，要学会稀释痛苦，战胜痛苦，毕竟人生还有那么多幸福时光，还有那么多美好有趣的事情，可别因为一点痛苦就坏了我们的好心情啊。还是莎士比亚说得好：“适当的悲哀可以表示痛苦的深切，过度的伤心却只能证明智慧的欠缺。”

得意一二

清代学者张潮说："阅《水浒传》，至鲁达打镇关西，武松打虎，因思人生必有一桩快意事，方不枉生一场。即不能有其事，亦须著得一种得意之书，庶几无憾耳。"此说甚合我意，心有戚戚焉。

人这一辈子，不论士农工商，名流俗人，总该有那么一两件甚为得意之事，自己干得漂亮，众人无不服膺，什么时候想起来心里都是美滋滋的，说不定还能名垂史册，令人千秋瞻仰。一旦遇到这事，那就该像李太白诗里说的那样："人生得意须尽欢，莫使金樽空对月。"

这种得意事不可能多，多则司空见惯，没有意义。像武松打虎，一辈子就一回，不过这一回就够了。王勃一生，辞赋颇多，但得意之文不过《滕王阁序》，这一篇佳作就足以让他不朽。书圣王羲之，涂抹文字何止千万，得意之笔唯《兰亭序集》，被誉为天下第一行书。造桥匠师李春，一生造桥多多，只有赵州桥是他的得意之作，距今1400年了，还"老当益壮"，世界第一，绝无仅有，他不得意谁得意？

这种得意事贵在一个"奇"字，不是庸常之举，非循规蹈矩之人所能为。毛泽东是大军事家，一生指挥大小战役无数，在他眼里，四渡赤水才是一生中的“得意之笔”。美国作家索尔兹伯里在《长征——前所未闻的故事》中也写到，四渡赤水是“长征史上最光彩神奇的篇章”。这一仗，“调虎离山袭金沙，兵临贵阳逼昆明”，就赢在不循常规，不按套路，出其不意，以奇制胜。

这种得意事一般不可复制。飞将军李广善射，膂力过人，百步穿杨，最得意之射，是其酒后误将巨石当猛虎，一箭射入石中，以后多次再试，均无法入石。2006年男篮世锦赛，中国男篮王仕鹏在最后一秒钟，面对两个高大球员封盖，超远距离，投中制胜球，以78∶77绝杀斯洛文尼亚队，中国闯进16强。这一球是他篮球生涯中的得意之球，以后再也没有出现过这样的奇迹，可谓空前绝后。

这种得意事大都无法超越。得意之事，一般都是自己事业的高峰，好似灵光一现，稍纵即逝，基本上是无法再超越的。吴佩孚过50岁大寿，康有为送去贺联：“牧野鹰扬，百世功名才半纪；洛阳虎视，八方风雨会中州。”大气磅礴，寓意深远，被誉为世纪名联，吴大喜过望，康自己也颇为得意。康有为一生好联，虽苦心孤诣，但后来再作对联都没有超过此联。棋圣聂卫平，1976年在中日围棋对抗赛中，战胜当时日本超一流选手石田芳夫九段，以6胜1负的成绩在围棋强国日本被称为“聂旋风”。以后，虽然他仍南北征战，战绩不俗，但再也未超越1976年那次得意之战。

人生须有一二得意事，但这事不一定轰轰烈烈，也未必高雅如阳春白雪，只要自己得意，大伙服气就好。我有一赵姓作家朋友，著作等身，好评如潮，他却不以为然，说那不过是为稻粱谋的饭碗，他最得意的是在一次文友聚会的酒桌上猜枚行令，连赢35把，把对手喝倒好几个，人送外号“西城第一枚”。这事我都听他提过不下10回，每次提到仍两眼放光，兴奋不已，好汉偏提当年勇，我也为他高兴。

人生苦短，转瞬百年。愿我们每个人都能显身手，抖精神，建功立业，也干他一二得意事，以青春无悔，“庶几无憾耳”。

5

第五辑

人生履痕篇

话说“大材小用”

前不久，加拿大德斯塔德公司一项全球民调显示，有将近一半加拿大人感觉自己大材小用，英雄无用武之地。而自认为被大材小用的人比例最高的国家是中国，高达 84%，排名第二、第三位的是土耳其以及希腊，分别是 78% 和 69%。

何谓大材小用？就是自认为能做更大、更重要的活儿，现实中却没有机会或平台，只能做一些鸡毛蒜皮的琐碎小事。通俗点说，就是用牛刀杀鸡，用高射炮打蚊子。感到自己大材小用的人，大概不外乎这几种情况：高学历，低职位；高贡献，低收入；老资格，低级别；俏专业，差工作。这其中既有客观存在成分，如学历、专业、资格，也有自己主观认定的成分，如能力、水平、贡献，你自我认为很强很高很大，在别人眼里就未必如此了。

尽管现实生活中确有不少大材小用的现象，但也不排除一些人是好高骛远或眼高手低，还有一些人是因自我感觉太好、自我定位太高所引起的心理偏差所致。毕竟，社会上绝大多数都是普普通通不起眼的岗位，所谓“齐家平天下”的人才和堪称“大用”的岗位也只是凤毛麟角，因此，你是“大材”未必就一定能“大用”。况且，“大材”多需时间的检验，大多时候只是自我欣赏，若真的拉出来遛遛，可能是千里马，也可能是小毛驴；可能是经天纬地的孔明，也可能是纸上谈兵的马谡。

譬如以高文凭自傲而感到大材小用者，就必须改变观念了。过去是精英教育，大学生一毕业就有单位抢着要，可现在不要说是本科生了，就是博士生找不到工作也屡见不鲜。君不见，哈尔滨招聘457个清洁工，报名者竟有3000个本科生，25个硕士生。但也还有些人就是不肯正视现实，沉溺于自恋情结中，那就免不了要碰壁了。前不久，一名北京大学应届硕士毕业生发帖称，自己找到了一份月薪8000元的工作，家人还觉得他很“丢脸”，说他是“大材小用”了。难道一毕业就给你数万月薪，聘为总经理，才叫“人尽其才”，天下哪有这样的好事啊？

黑格尔有句名言：“凡是现实的就是合理的，凡是合理的就是现实的。”如果你不幸被“大材小用”了，不必怨天尤人，也无须愤世嫉俗，你至少可有三个选择：一是显示才干，改变命运。毛遂自荐，折冲樽俎立下不世之功；庞统一日处理数月积案，分毫不差，皆为显示才干改变命运之范例。二是换岗挪窝，另辟蹊径。具有“连百万之众，战必胜，攻必取”之才的韩信，在项羽那里只是个“执戟郎中”，他毅然投奔刘邦，被拜封大将，从此大显身手，终成一代伟业。三是自立山头，自己创业。无须别人赏识，不要伯乐推荐，马云创立阿里巴巴，李彦宏打造百度，马化腾创建腾讯公司等，都是用尽浑身解数，施展全部才华，才有今天的成就。除了这三个选择，仍可以脚踏实地地做些小事业、小工作，经营好自己的一亩三分地，把小事做大，把俗事做雅，日积月累，也能收获一个理想的人生。

“人人皆可成才、人人尽展其才”是用人的理想模式和奋斗目标，为此，我觉得时下国人真正应该认真思考的是，自己是否胜任手头这份工作，有没有辜负社会对自己的信任，是不是“小材大用”了，如果感到有些心虚，那就抓紧时间充电、加油吧，以免被飞速发展的形势所淘汰。

越简单越快乐

六一儿童节前夕，我带孩子去公园闲逛。平时这里是老头老太的天下，今天却成了孩子的乐园，一个个玩得兴高采烈。他们玩的东西，其实都很简单，一堆沙子，一个水池，一片草地，一架秋千，一座假山，一只风筝，一根皮筋，一个皮球，都可以让他们玩得如痴如迷，乐而忘返。

因为他们的头脑简单，欲望简单，要求简单，所以，很简单的东西就能给他们带来无穷快乐。而且，越简单，越快乐，孩子们在沙堆挖洞，在水池捞鱼，在草地打滚，在假山攀爬，既无任何“技术含量”，也无高端“硬件要求”，却乐此不疲，大呼小叫。受孩子们欢乐情绪感染，我不由也心生喜悦，欣欣然陶醉，如酒至微醺，想想自己，已经有多少日子没有这样快乐了。

成长，让我们变得强大睿智，也变得日益复杂，那些简单的快乐也一去不复返。复杂的人际关系，使我们口是心非，相互戒备，剥夺了与人交往的快乐；复杂的工作程序，人为的繁文缛节，蚕食着我们的工作乐趣；复杂的生活需求，使我们如牛负重，很难笑出声来。

岁月不可逆转，谁也变不回童年，享受不到孩子那种纯粹的快乐，但我们可以尽可能使自己的头脑和生活变得简单一些，化简那些太复杂的欲望，减少那些太复杂的算计，删节那些太缜密的心思——但这不是让人变傻，而是做到大事聪明，小事糊涂，该复杂时怎么复杂都行，该简单时就尽量简单。这样，发自内心的喜悦就会更多，幸福指数就会更高。

在人际交往上，力争不和那些工于心计的“弯弯绕”来往，多交些不需设防的真心朋友；生活目标上，以简单舒适为要，不去和那些大款、显贵攀比；处理事务上，抓主要矛盾，不理会枝枝蔓蔓，力求复杂问题简单化，而绝不是简单问题复杂化。果能如此，你就会发现，少了很多烦恼，免了很多纠结，避开了很多烦琐，节约了大量的脑细胞，也增加了更多由衷的笑声。

作家余秋雨曾说：“一个成功的大企业，它的经营模式一定是简单的；一个伟大的人物，他的人际关系一定是简单的；一个危机处理专家，他抓住问题核心的思路一定是简单的；一部划时代的著作，它的核心理念也一定是简单的。”由此，我想到北京奥运会上创造八金奇迹的游泳运动员菲尔普斯，赛后他接受记者采访时说：“我不知道什么叫作天才。我的人生信条就是充满信心地过简单生活。”他的生活到底有多简单呢？菲尔普斯的母亲说，儿子的全部生活只有三件事：吃饭、睡觉、游泳。他的两个姐姐说：“如果不游泳，他要么听音乐，要么看电视或者打游戏。”所以，对余秋雨的高论还应再补充一句：一个屡破纪录、震惊世界的运动员，他的生活也一定是简单的。

“简单一点”，如今人家都喜欢说这句话。简单，就是素面朝天，“清水出芙蓉，天然去雕饰”。说话简明扼要，要言不烦；办事直奔主题，干脆利落；行文言简意赅，开门见山；工作减少环节，少来弯弯绕。复杂，则是浓妆艳抹，“画眉千度拭，梳头百遍撩。”说话是官话、套话、大话加空话，让人难以忍受；办事则繁文缛节、文山会海、扯皮敷衍、效率低下，令人烦不胜烦。

我们都在追求快乐，那就要使自己尽量变得简单起来。简单的生活，简单的社会，简单的人际关系，其实是很高的意境，就如同“江上清风，山间明月”，轻松自然，令人向往。

此身·此时·此地

著名美学家朱光潜先生的座右铭是“此身，此时，此地”。他解释说：“此身应该做而且能够做的事，就得由此身担当起，不推诿给旁人。此时应该做而且能够做的事，就得在此时做，不拖延到未来。此地应该做而且能够做的事，就得在此地做，不推诿到想象中另一地去做。”这种着眼现在、脚踏实地的“三此主义”，不仅于治学研究上有示范意义，而且在方方面面都能给我们以启发，与当今提倡的“空谈误国，实干兴邦”精神不谋而合。

此身，即干好我能干、该我干的事，绝不推诿他人。此身，贵在有舍我其谁的勇气，非我莫属的担当，当仁不让的胸襟。朱光潜投身美学研究时，中国美学还是荒芜之地，他苦心孤诣，殚精竭虑。他女儿回忆说，“文革”后我劝过他：不要弄你的美学了，出力又不讨好。他回答说：“有些东西现在看起来没有用，但是将来用得着，搞学术研究总还是有用的。我要趁自己能干的时候干出来，我不搞就没人搞了。”抱定此宗旨，他一生研究美学，虽为此几经磨难，却矢志不移，知难而进，终于开创了美学研究的新天地，成为中国现代美学奠基人。

此时，即做事情要只争朝夕，此时能干的事情绝不推到以后，要立刻做起来。古往今来，成功者都有一个共同特点，干事情雷厉风行，今日事今日毕，绝不拖拖拉拉；反之，失败者也有一个共同毛病，做事拖拉，懒惰敷衍，今天推明天，明天推后天，结果是“我生待明日，万事成蹉跎”。人生苦短，如果不珍惜时间，抓紧做该做能做的事情，一旦时过境迁，青春不再，就会“少壮不努力，老大徒伤悲”。因而，莘莘学子要惜时如金，发愤苦读，争取早日成为合格人才；领导干部要抓住机遇，造福群众，在有限任期内多作贡献；各行各业都要努力工作，服务社会，最大限度地实现人生价值。抓住了时间，就抓住了未来，抓住了成功。

此地，即立足于现有条件，从所处的岗位做好应做的事情，不幻想有了更好的环境和地方再去做。古人在《为学》中讲了一个故事：四川两个和尚商议去南海朝圣，甲和尚说：“一瓶一钵足够路上所用。”随即就动身了。乙和尚则用一年时间考虑，又用一年时间做计划，第三年用来准备。当他邀请甲和尚同行时，才知道人家已从南海回来两年了。这当然是笑话，而在现实生活中，以王进喜为代表的大庆人“有条件要上，没有条件创造条件也要上”，自强不息，打了中国石油的翻身仗；我国的“两弹一星”也是在最困难的条件下起步，在外人“不可能成功”的预言下奋力推进，最终获得巨大成功，为中华民族铸造了可靠的护身神剑。无数事实说明，立足现实，不等不靠，把握好此地，就没有做不成的事情。

时间都去哪了

“时间都去哪儿了，还没好好感受年轻就老了……时间都去哪儿了，还没好好看看你眼睛就花了；柴米油盐半辈子，转眼就只剩下满脸的皱纹了。”歌手王铮亮在马年央视春晚演唱的《时间都去哪儿了》，令观众感慨万分，不胜唏嘘，因为这首歌触到了我们的痛处。

时间即人生，时间没了，人生即告结束，但时间留不住，也不可能延长，这是人生最苦恼也最无奈的事情，诚如但丁所言：“一个人越知道时间的价值，越倍觉失时的痛苦！”人生苦短，转眼百年，没有不想寿比南山的，尤其是历代皇帝，几乎都在不惜重金寻找长生不老药，命术士炼丹，令徐福出海，寻灵丹妙方，最后都无一例外以失败告终。

时间都去哪儿了？面对这个人人都会遇到的终极问题，谁都忍不住要说上两句。睿智淡定的孔子在冷眼旁观：“逝者如斯夫，不舍昼夜。”多愁善感的东坡则长叹不已：“哀吾生之须臾，羡长江之无穷。”浪漫豪爽的李白想抓住飞逝的时间：“恨不得挂长绳于青天，系此西飞之白日。”洒脱达观的陶渊明则自我激励：“盛年不重来，一日难再晨。及时当勉励，岁月不待人。”

时间最公正无私，绝对的不偏不倚，既不会特别厚爱谁，也不会对谁格外吝惜。无论你是横扫千军、雄踞万里的亘古一帝，还是富可敌国、财倾天下的世界首富，无论你是才华横溢、学富五车的艺术大师，还是红极一时、名满天下的明星大腕，大限一到，都要按时“熄灯”，想延缓一秒都不可能。

既然时间没有弹性，不可能用金钱、权势、名声或其他东西来交换，唯一可行的办法就是珍惜时间，提高时间利用效率，在有限的时间里干更多有意义的事，这样，也就等于变相延长了属于我们的时间。

时间都去哪儿了？从时间总数来说，每人情况不同，或长或短，大约是两三万天；就每天而言，时间又可分为工作学习、娱乐休息、睡觉各三个三分之一。所谓珍惜时间，就是合理分配时间，适当向工作学习方面倾斜，节制过多的娱乐游玩，更不能睡得昏天黑地。少年时要发愤读书，提高素质；青年时要敢想敢干，努力拼搏；中年时要奉献社会，建功立业；这样才能换来问心无愧安度余岁的老年。

时间的长度是一定的，但单位时间里的利用效率是有弹性的。常会看到这种情况，年底岁末，盘点全年工作时，有人在不无自豪地总结：今年读了多少书，做了多少事，得了什么奖，取得什么进步，成绩优异得令人嫉妒。也有人在哀叹：我这一年怎么啥都没干就稀里糊涂地完了，时间都去哪儿了？于是，年复一年，成功者与失败者，名流贤达与庸常之辈，人与人的差距就这样拉开了。

人生有涯，活得有无价值，不在时间长短，而在于是否做了有意义的事。王选以一生时间换来了汉字激光照排技术的问世；袁隆平的全部心血都倾注在杂交水稻上；邓稼先为中国的两弹一星殚精竭虑；王进喜为摘掉中国贫油的帽子鞠躬尽瘁；莫言几十年笔耕不辍终于摘取诺贝尔文学奖桂冠；杨善洲不辞劳苦为百姓换来一山碧绿；吴孟超九十多岁还活跃在手术台上，老当益壮。他们每天都忙得不可开交，无比充实；他们的时间换来了硕果累累，青史留名。

“人生天地之间，若白驹过隙，忽然而已。”一般来说，有两种人最喜欢追问时间都去哪儿了？一是胸有大志，贡献卓著，但又恨自己做事太少的人，每每提醒自己要珍惜时间，“莫等闲，白了少年头”；二是无所事事、碌碌无为的人，回首平生一事无成，才会伤感地自怨自艾，但已经太晚，印证了莎士比亚那句名言：“谁抛弃时间，时间也抛弃他。”

人生不过这些事

人生就是由无数的事组成，有大事小事，好事坏事，难事易事，喜事哀事。打理好这些事，就是成功人生；对付不了这些事，生命则必然暗淡。

干好一件事，人生无憾事。人生苦短，能扎扎实实干好一件事，干出名堂，干出成就，便是无憾人生。达尔文发现人是猴变的，曹雪芹写了本《红楼梦》，莱特兄弟把飞机整上天，乔丹成了篮球巨星，袁隆平弄出了杂交水稻等，就是典型例证。

胜败乃常事，不必当回事。人生有起伏，行路多崎岖，胜败乃兵家常事，也是人生常事，不必看得太重，萦绕于怀。需要的是胜不骄，败不馁，得意淡然，失意泰然，哪怕被击倒九十九次，只要能第一百次站起来，你就有胜利的可能。

天下本无事，没事别找事。天下原本没那么多事，许多事都是人自找的，有人就是活得不耐烦了，喜欢无事生非，四处惹事。周幽王烽火戏诸侯，杨贵妃厮混安禄山，西门庆招惹潘金莲，贾天祥骚扰王熙凤，你不是找不自在吗？

有事不怕事，坏事变好事。有些我们不喜欢的事早晚要发生，不以人的意志为转移，但只要不怕事，就没有对付不了的事。从容应对，见招拆招，水来土掩，兵来将挡，说不定就会逢凶化吉，否极泰来，把坏事变成好事。

贵在会办事，难在会来事。人生最重要的能力就是会办事，别人办不了的事你能办，都认为办不成的事你办成了，那就是本事，不服不行。会来事即说话得体，热情周到，会逢场作戏，知眉眼高低，能广结善缘。会办事加上会来事，你就会天下无敌。

大事当小事，小事当大事。世间本无大事小事，把大事当小事办，是战略上藐视敌人，有必胜的信心，有无畏的勇气，“虽千万人吾往矣”；把小事当大事办，是战术上重视敌人，不因小事而马虎，就不会大意失荆州，阴沟里翻船。

天下无数事，除死无大事。人一生要遇到无数闹心的事，比如高考折戟、恋爱受挫、创业失败、应聘被拒、炒股亏本、生意破产、乌纱被摘，都会感到痛苦和无奈，但与死相比都是不足挂齿的区区小事，应以达观态度待之，权当是在感受人生不一样的风景。

不怕麻烦事，笑对倒霉事。人生不如意事十之八九，就包括那些麻烦事、倒霉事。既然绕不过去，那就索性横下心来，一是不怕，人生来就是解决麻烦的，没有麻烦还要我们干什么；二是笑对，倒霉事来了，哭也是一天，笑也是一天，那就笑吧，用乐观积极的心态面对挫折不是更好吗？

不做亏心事，少遇烦心事。事在人为，境由心造。做好事、善事的人，情有寄托、心绪安稳、安享赞誉褒奖；做坏事、恶事的人，睡觉不安、心神不宁、担心会遭报应。不论违法乱纪，还是胡作非为，一日亏心逆道，早晚难逃惩罚。

不就那点事，那还能叫事。祸福无常，不好的事情来了，躲是躲不过去的，与其心事重重，满脸愁容，不如苦中作乐，诙谐幽默。告诉自己，其实没啥大事；劝解亲友，根本就不算事。这样举重若轻，若无其事，既解脱自我，又使他人轻松，何乐而不为。

认真去做事，世上无难事。世界上怕就怕认真二字，做事心不在焉，吊儿郎当，就什么事也做不成；反之，做事认真，兢兢业业，一丝不苟，全神贯注，再加上坚忍不拔、水滴石穿的不懈坚持，世上就无不可为之事，就没有完不成的事。

人生是来享受的，更是来干事的，该干的事干完了，心无挂牵了，生命也就走到尽头了。有人“了却君王天下事，赢得生前身后名”，有人“家事国事天下事，事事关心”，有人“多少事，从来急”，有人“每临大事有静气”，最终皆是一个结局：“古今多少事，都付笑谈中”。人生不过这些事。

人生也就几支曲

人生如梦，岁月如歌。想想也是，不论有意无意，人这一辈子都会和音乐相伴，在旋律中度日。刚生下来听的是摇篮曲，交友时伴的是圆舞曲，谈情说爱时哼着小夜曲，结婚时放的是婚礼进行曲，过日子要奏响锅碗瓢勺交响曲，身在异国他乡最爱听思乡曲，难以入睡时要听催眠曲，最后告别这个世界时送行的是安魂曲。

摇篮曲是人们最甜蜜的回忆。母亲轻轻哼唱，抚慰孩子入睡，旋律轻柔甜美，节奏摇曳动荡。摇篮曲既有莫扎特、舒伯特、勃拉姆斯大师的不朽作品，也有山野女性的即兴创作。孩子在摇篮曲里安静下来，进入梦乡；在摇篮曲中蹒跚学步，咿呀学语。

圆舞曲中我们成长成熟。青春萌动，少年男女在悠扬欢快的圆舞曲中交朋结友，尽情挥洒着活力与热情，畅想未来的理想抱负；朝气蓬勃的“恰同学少年”，指点江山，高歌慷慨，笑谈兴亡千古事，粪土当年万户侯。

小夜曲里我们寻觅爱情。热恋来了，情不自禁。恋人们一日不见，如隔三秋，“人约黄昏后，月上柳梢头”，在迷人的小夜曲里卿卿我我，甜言蜜语，憧憬美好未来，相约海誓山盟，心有灵犀一点通。

婚礼进行曲中，青年男女牵手进入婚姻殿堂。在神圣、庄严的音乐声中，嘉宾们举杯助兴赞新人天造地设，亲友们祝贺新人白头到老。百年修得同船渡，交杯酒中夫妻合卺；千年修得共枕眠，鞭炮声里大礼完成。

锅碗瓢勺交响曲伴随一对对夫妻们走过春夏秋冬。民以食为天，过日子，无非柴米油盐酱醋茶；一个屋檐下，难免磕磕碰碰，贵在相濡以沫。日复一日，粗茶淡饭中岁月流逝；年复一年，含辛茹苦里儿女成人。

狂想曲是我们干事业的冲锋号。人生贵有志，创业敢狂想，大头兵想当元帅，打工仔想当老板，人人要唱狂想曲。敢想还要敢干，不怕流汗流血，勇于建功立业，风风火火几十年，“了却君王天下事，赢得生前身后名”。

思乡曲是我们心中永远的痛。为了生活、事业，人们不得不背井离乡，但无论是“不知何处吹芦管，一夜征人尽望乡”，还是“葬我于高山之上兮，望我故乡”，抑或“乡愁是一弯浅浅的海峡”，思乡之情历久弥新。

安魂曲响起，亲友来送行，几束白花，几行清泪，挽幛肃穆，挽联庄重。“神龟虽寿，犹有竟时”，人生走到尽头，总要曲终人散。回首平生无憾事，百年岁月匆匆过，挥一挥手，我去也，今日得大自在，他日天上再见。

摇篮曲轻柔甜美，圆舞曲轻松愉快，小夜曲款款深情，婚礼进行曲激情荡漾，狂想曲天马行空，思乡曲刻骨铭心，安魂曲幽幽渺渺，各有千秋，皆不可少。唱好几支曲，欢乐几十载；伴随几支曲，过好一辈子。

人生就是循环

人生就是无数个循环。从至简到至繁再到至简，由至低到至高再回到至低，由平淡至高潮再至平淡，循环往复。

人从黑暗的子宫钻出来，经过一辈子的拼搏，追求光明，创造灿烂，最后还要永远地埋入黑暗的大地。人哭哭啼啼来到世上，宣告一个新生命的开始，到末了，寿终正寝时还要在儿女的哭声中离开这个世界。人一开始牙牙学语，口齿含混，后来说了车载斗量无数的话，临到暮年，可能又变成言语不清。感谢父母一把屎一把尿的辛苦，孩子终于不尿床了，可英雄一世，叱咤风云，到了老残之躯，卧病在床，又会大小便失禁。孩子断奶后要被喂饭，到了三四岁才能自己吃饭，垂暮不能自理的老人，最后还要被喂饭……

当年，几个小屁孩在一起玩尿泥，打打闹闹，不分彼此，亦没有尊卑。长大进入社会，有的混得很差，不过温饱水平，甚至低保；有的混得极好，高官厚禄，吃香喝辣，不可一世。可是到退休后又会凑到一起散步，发发牢骚，骂骂贪官，传点小道消息，正应了那句民谣："正处副处最后都是一个去处，经理总经理最后都是一个道理，正局副局最后都是一个结局，正部副部最后都在一起散步。”

据说，顶尖富人的标志有“三不”，不用手机，不自己开车，身上不带钱，就像盖茨、李嘉诚们。可是，超级穷人的情况也大体如此，同样是不用手机，不开车，不带钱，街上的乞丐大体都如此。当然，这两个“三不”表现相同，原因迥异，富人是不屑于，是身份的象征，穷人是不能够，是确实囊中羞涩。人富到了极点，反过来却与极穷的人没啥两样，这种循环也太讽刺了。这或许对那些一辈子都在拼命挣钱的富人是一副清醒剂，您挣那么多钱为什么？

一个老富翁漫步在夏威夷海滩，沐浴在阳光下，心情很是愉快。可是他看到一个青年渔夫也在懒洋洋地晒太阳，比他还悠闲自在，就大生醋意，不由得想教训他几句：“年轻人，你应该抓紧时间去捕鱼，不怕辛苦，捕更多的鱼，赚更多的钱。”渔夫翻了翻白眼：“为什么要这样？”富翁说：“以后你就可以像我这样在这里晒太阳了。”渔夫洒脱一笑：“我现在不就正在这里晒太阳吗，何必那么辛苦？”把老富翁噎得一句话也说不上来，优越感荡然无存。辛辛苦苦奋斗了一辈子的富翁与一个懒洋洋的渔夫享受同样的待遇，确实让人伤自尊。

还有年羹尧，当初从布衣入仕，以军功起家，惨淡经营几十年，一步步升到了川陕总督、抚远大将军。可没想到，物极必反，盛极必衰，他一夜之间就被连降18级，从威风八面的封疆大吏变成了可怜兮兮的守城老兵，一下子就回到了原点。这一个圆圈画得他终于明白一个道理：人生最贵是适意，大红大紫不足恃。

人生在循环，同样，我们生活的地球也在循环，由冰川期进入温暖期再进入冰川期，动物灭绝再重新滋生进化再毁灭。当然，那是以亿年为单位来计算的，我们操不了那么久的心，况且，物质不灭，只不过是在不同的表现形式间循环罢了。与其杞人忧天，自添烦恼，还不如过好当下的每一天。

太阳底下无新事。每个人身上都可以看到前人的影子，都在有意无意重复前人的轨迹，人始终都是生活在生命循环中的，不是在起首，就是在末尾，抑或在中间阶段，谁都逃不过这种循环。所以，直面生命循环的每一个环节，从容看待人生的高峰与低谷，得意不忘形，失意不失志，看轻身外之物，尽情享受生活，不和自己过不去，也不和别人赌气，更不必把大好光阴都用来追求那些没多大用途的虚幻之物，就是人生最大智慧。

靠什么吃饭

“民以食为天”。但食的内容却大相径庭，有人吃香喝辣，满面红光；有人吃糠咽菜，面有菜色；有人山珍海味，脑满肠肥；有人粗茶淡饭，面黄肌瘦；有人从不知挨饿是啥滋味，有人是饥一顿饱一顿。究根求源，食的质量、内容与靠什么吃饭息息相关。

靠本事吃饭。昔日，苏秦、张仪靠三寸不烂之舌，成了风云人物；张良靠运筹帷幄，决胜千里之外，名列汉初三杰；陈寅恪靠满腹经纶，跻身清华四大导师之列；张恨水靠一支笔，也能把一家几十口的口粮挣回来，他们都食得很风光。如今，马云靠阿里巴巴，马化腾靠腾讯，李彦宏靠百度，雷军靠小米，俞敏洪靠新东方，也都过得很滋润，一个个腰缠万贯。这都是凭的大本事，非常人所及。你我俗常人等，则可凭借点小本事立足世间，也能活得很滋润，譬如会做生意，能修电器，善于烹饪，擅长书画，能歌善舞，会爬格子等，均属雕虫小技，虽不能大富大贵，但养家糊口还是有把握的。

靠汗水吃饭。重庆街头的“杠杠”，挥汗如雨；北京小巷的三轮车夫，汗流浃背；建筑工地的小工，大汗淋漓；庄稼地里的老农，一颗汗珠摔八瓣，还有山中樵夫，江上渔翁，终日辛劳，胼手胝足，用汗水换来了衣食家用，养活了一家老小。他们活得艰辛，也活得硬气，活得清寒，也活得坦然，仰不愧天，俯不愧地，同样令人敬佩，值得点赞。

靠关系吃饭。有一种人身无长技，又不愿流汗，但善于拉关系，找靠山，抱大腿，投机钻营，吹吹拍拍，谄媚示人，阿谀逢迎，主子吃肉，他也能喝汤，虽没多大出息，却自我感觉良好。帝王身边的弄臣，豪富豢养的清客，权贵手下的喽啰，“老大”带领的马仔，大都是这样的角色。

靠出身吃饭。有个阔父母，出身富裕家庭，或许能保你几十年衣食无忧，但父母早晚要离去，坐吃山空的悲剧每每上演，“富不过三代”的规律屡屡应验。一旦家业败尽，没有生计，公子哥沦为乞丐，阔小姐变成奴婢，“陋室空堂，当年笏满床；衰草枯杨，曾为歌舞场”，也不算啥稀罕事。

靠脸蛋吃饭。倘若造物主眷顾，让你有一副好皮囊，沉鱼落雁，倾城倾国，那是福气。若筹划得好，靠脸蛋确实是能吃饭，甚至能吃好饭。有人在百度上讨论“哪一行能靠脸蛋吃饭？”答案很多，意见比较集中的有演艺明星、礼仪小姐、节目主持、前台接待、时装模特、情妇小三等。严格来讲“情妇小三”不能算“一行”，说其是“特殊人群”更恰当一些，不过，好脸蛋是干这个的通行证，也确有不少“情妇小三”发了横财，特别是攀上“老虎”的那些女子。

可能还有靠别的什么吃饭的，虽然吃上饭是最终目的，但靠什么吃饭还是有高下雅俗之分的。靠本事吃饭为上，谁的脸色都不用看，有本事的人永远不会饿肚子；靠汗水吃饭是本色，只要舍得流汗，啥时候都少不了你的饭食；靠关系吃饭，树倒猢狲散是常有的事；靠出身吃饭，可得数年安逸，但谁也不能保证天长地久；靠脸蛋吃饭，别忘了花无百日香，一旦年老色衰，美女迟暮，结局也多是悲剧，更不待说当“小三”了。所以，一个有出息之人，还是要努力靠本事吃饭，薄技在身，就会旱涝保收；即便本事不济，只要不惜力，肯流汗，也饿不着。

当然，如果有人既有本事，又舍得流汗，既身世显赫，又颜值过人，那就是“万千宠爱集一身”的上帝宠儿，左右逢源，呼风唤雨，只能让人羡慕嫉妒恨了。

给自己成绩打“折”

2011年秋，杂交水稻之父袁隆平的试验田收割以后，第5号田0.897亩产稻谷1172.5公斤，合每亩产1307公斤，按通行的“七五折”计算，每亩净产量为980.4公斤。对此，袁隆平“考虑到今年头验环境较好”，主动说服验收专家组放弃通行的“七五折”，改用更苛刻的“七二折”，最终公布的结果是亩产941.1公斤。杂交水稻研究到今天，亩产想再提高一公斤都很不容易，尽管如此，袁隆平还是坚持求真务实的精神，宁肯成绩打折，决不虚报自夸，表现了一个科学家的高风亮节，也给我们很多有益启发。

给自己成绩“打折”，是头脑清醒的表现。成绩易使人骄傲，骄傲则易导致事业失败，能清醒看待成绩，才会立于不败之地。

1949年，中国革命即将胜利，亿万军民欢欣鼓舞，毛泽东却主动给这一伟大成绩“打折”，在七届二中全会上语重心长地告诫全党：“夺取全国胜利，这只是万里长征走完了第一步。如果这一步也值得骄傲，那是比较渺小的，更值得骄傲的还在后头。中国的革命是伟大的，但革命以后的路程更长，工作更伟大，更艰苦。”这一“打折”，就是为了让大家头脑清醒，务必保持谦虚、谨慎、不骄不躁的作风，务必保持艰苦奋斗的作风，不要再犯李自成的错误。

给自己成绩“打折”，是留有余地的需要。水满则溢，月满则缺，话说得太满，成绩摆得太足，也会使自己进退失据。因为，成绩既要靠自己总结，也要靠组织和他人认定。人都是自爱的，讲到自己成绩时往往是不仅“要说够”，而且还会有意无意地夸大，那么，自己眼里的成绩就经常和外界判定的标准有一定差别。你觉得了不起的成绩，在他人看来也许平淡无奇，如果我们能适当地给自己成绩“打折”，既是体现了宽以待人、严以责己的君子作风，也会使自己的真实成绩比较接近客观现实。

给自己成绩“打折”，须有淡泊名利之心。我们盘点成绩时，不妨多想想组织的关心，同事们的帮助，没有他们，成绩就不可能那么辉煌，且不可把成绩都装到自己口袋里。科学家钱学森为中国国防科技事业作出了巨大贡献，被誉为中国“导弹之父”，这一成绩原本也是当之无愧的，可钱学森却主动“打折”说：导弹是大家研制出来的，绝不是我一个人的成绩，所以不希望新闻界这样宣传我。许多人想去采访他，都被他谢绝了。就是偶尔见到一两篇赞扬他的文章，他也马上给作者和报社打招呼“到此为止”。老科学家这种虚怀若谷、淡泊名利之心，使我们高山仰止，景行行止。

然而，现实生活中，也有人千方百计为自己的成绩加发酵粉、膨大剂，把五分成绩说成十分，芝麻粒大的成绩吹成西瓜，集体的成绩算到自己头上，别人的成绩记在自己账上，甚至不惜弄虚作假，编造成绩，骗取荣誉，不以为耻，反以为荣。好在是非自有公论，成败皆在人心，主动给自己成绩“打折”的人，会因为成绩的货真价实、含金量高而备受尊重；虚夸成绩自我膨胀的人，则会因其成绩水分太大、成色不足而被人轻视，这就是老子说的那个道理：“自见者不明，自是者不彰，自伐者无功，自矜者不长。”

天才就比人才多个“二”

“天才就比人才多个二”，是兔年央视春晚冯巩、牛莉演出的小品《还钱》里的台词，看似戏谑之词，其实揭示了一个道理。

“二”是网络语言“傻”的意思。傻，一般都理解为不聪明、迟钝、死心眼而不知变通之意。其实，傻，还有执着、淡定、矢志不移、大愚若智的一面。现实生活中为何人才多如过江之鲫而天才凤毛麟角，某种意义上来说，就是一般人才大都少了那么一种执着坚韧的“二”劲儿。反之，古今中外那些天才人物，几乎无一例外都有些“二”劲儿，或做事一根筋，认定一棵树上吊死；或不识时务，不到黄河心不死；或执拗倔强，不肯变通，等等。

音乐天才贝多芬，就特别的“二”。他一生只关心音乐，只擅长创作，人情世故不懂，奴颜婢膝的事不干，哪怕再贫困潦倒，窘迫艰难，也不巴结权贵、交往富豪，不肯低下高贵的头。一次，他和歌德同行，遇到奥地利皇太子迎面走来，歌德赶忙毕恭毕敬地向皇太子鞠躬。而贝多芬只装没看见，大摇大摆地走了过去。歌德为贝多芬遗憾：“这可是结交太子的好机会，你太傻了。”贝多芬却骄傲地说：“皇太子可以有很多，而贝多芬只有一个！”

数学天才陈景润，也是格外的“二”。他是天生数学奇才，却是生活中弱智之人；他的数学公式推理出神入化，规范严谨，而家中却乱成一团，毫无秩序；他在数学王国遨游俨然一代大师，接人待物却幼稚得像个不谙世事的孩子；他在数学研究上精益求精，一丝不苟，在生活上却简单凑合，不修边幅，“窝囊”到了极点。不过也正是这种不管不顾的“二”劲儿，使他得以数十年如一日，克服干扰，全神贯注地投入科研攻关，最终摘取了哥德巴赫猜想研究的硕果。

游泳天才菲尔普斯，只对游泳有兴趣，干别的反倒有些“二”。他在北京奥运会上连夺八金，创下奥运会空前纪录，大家都说他是天才，可他自己却不以为然，因为他太知道自己这个天才是怎么来的。他从 12 岁起，就开始学习游泳，每周训练 7 天，每天至少要游 12 公里，还要参加各种陆上有氧训练。11 年来，从不间断。妈妈心疼地说，儿子的生活只有吃饭、睡觉、游泳三件事。两个姐姐想了很久，再也想不出弟弟的其他爱好：“如果不游泳，他要么听音乐，要么看电视。”如果说他是游泳天才，天才就是这样打造出来的。

再联想广一些，哲学天才黑格尔，经济学天才李嘉图，物理天才牛顿，化学天才居里夫人，发明天才爱迪生，表演天才卓别林，绘画天才凡·高，雕塑天才罗丹，语言天才陈寅恪，国学天才王国维，都与众不同，特立独行，好像有些另类，“缺根筋”，在世人眼里都有点“二”，但都大获成功，名垂史册，成为各自领域里的领军人物。

小器晚成

“大器晚成”，是个很有名、历史也很久远的成语，原指大的材料需要长时间才能做成器具。后引申为能完成大事业的人要经过长期的锻炼和积累，所以成就较晚。古人姜子牙、庾信、曹雪芹，今人袁隆平、张中行、易中天、赵丽蓉，都是大器晚成的典范，年轻时默默无闻，中老年后却横空出世，被传为一时美谈。

“小器”晚成——当然，词典上没这个成语，是我杜撰的，但社会上却有很多这样的人物。有的人天赋不高，才具有限，能力平平，注定难成“大器”，从事的又不是什么军国大事，但却“不放弃，不抛弃”，坚持数年，日积月累，到了人生的“夕阳红”，居然也能成为某一个方面的行家，在某种技艺上达到高峰，成为一个小范围内的名人。

平心而论，现实生活中，“大器”什么时候都是少数，来之不易，因为这需要天赋、机会和艰苦的努力，超人的付出，而且需求也十分有限，“大器”太多了还真没地方摆置。倒是各种“小器”，譬如写写画画的雕虫小技，烹调、治病的末微技术，修修补补类的实用人才，和老百姓生活最接近，天天都离不了，社会也最需要，多多益善，如果不妄自菲薄，积年累月把技术练精了，手艺有了绝活，也就是说成了一招鲜的“小器”，那是最受欢迎的。

人生在世，“不如意事十常八九，可与人言无二三”，因而，虽然人人都希望自己成“大器”，但大多数肯定都不能心想事成。退一步说，成不了“大器”也别沮丧，那就争取成个“小器”。“大器”固有“大器”的辉煌，名扬四海，万众瞩目；“小器”也有“小器”的乐趣，实惠安定，与世无争。而且，甭管什么“器”，早成早好，晚成晚好，最怕的是一辈子“不成器”，成了酒囊饭袋，爹娘为他发愁，子女因他蒙羞，众人一提起他，咳，你说他呀，那是个不成器的东西！

把优秀变成习惯

优秀，就是成绩优良、表现突出、出类拔萃之意。优秀的人，都是各行业素质高、能力强、业绩过人、成就卓著者。雷锋、王杰、苏宁、杨利伟是优秀军人；钱学森、邓稼先、王选、袁隆平是优秀科学家；焦裕禄、孔繁森、牛玉儒、沈浩是优秀领导干部；王进喜、时传祥、包起帆、许振超是优秀工人……从他们的发展经历来看，绝大部分都是从优秀到优秀，不论在人生哪个阶段，都是始终优秀，优秀成了他们的人生习惯。

雷锋上学时是优秀学生，品学兼优，多次受奖；当公社通信员时，任劳任怨，是优秀工作人员；后来到鞍山支援矿山建设，他加班加点，又是优秀推土机手，被评为劳动模范；参军后，他处处严格要求自己，向高标准看齐，是个优秀军人、优秀汽车司机，优秀的品质贯穿了他的短暂一生。

钱学森在北京师范大学附属中学学习时，成绩就名列前茅；在上海交通大学学习时，是班上的高材生；出国留学考试时，在激烈的竞争中脱颖而出；在美国加州理工学院留学时，成绩一直拔尖儿，被视为“未来之星”；师从世界著名空气动力学教授冯·卡门后，成为众多学子中的佼佼者，先后获航空工程硕士学位和航空、数学博士学位，二十八岁时就成为世界知名的空气动力学家。回国后，他更是把自己的优秀习惯发挥得淋漓尽致，殚精竭虑，全力以赴，为新中国的国防科研作出了巨大贡献。

杨利伟在中小学学习时一直是优秀学生，多年担任班干部；以优异成绩考取军校后，德才兼备，是优秀的军校大学生；大学毕业后，他刻苦训练，技压群雄，是优秀的歼击机飞行员；选拔宇航员时，他又优中选优，在众多优秀飞行员中胜出；进入宇航员训练队后，他以全方位的优秀成绩，获得领导和专家的一致认可，成为第一个飞向太空的中国人。

除了这些知名人物，在我们身边，也不乏一些把优秀变成习惯的突出人才，如果注意观察，我们会发现，这些人不论工作怎么变换，年龄如何变化，地位如何变动，都始终能奉献一流的工作业绩，表现出一流的工作能力，始终与优秀为伍，被公认是不可多得的优秀人才。他们的成功，就在于把优秀变成了习惯，把优秀变成了人生不变的标准，他们不能忍受平庸，以落后为耻，争取优秀成为推动他们前进的巨大惯性。当然，在一个竞争激烈的社会，要想始终保持优秀，走在前列，是需要付出巨大代价的，没有谁能轻轻松松就出类拔萃。

要把优秀变成习惯，一般有两种途径，一是靠天赋，二是靠后天努力，相比较起来，天赋往往可遇而不可求，是稀缺之物；后天努力则人人都有这个条件，更可靠一些。所以，不论是钱学森还是杨利伟，不论是雷锋还是许振超，那些一直保持优秀习惯的人，都比常人付出了更多的劳动，流了更多的汗水，花费了更多的心血，没有谁能随随便便就占据优秀地位的。我们不是看到，年过七旬的优秀水稻专家袁隆平，至今仍没日没夜地忙碌在实验室和大田里，而绝大多数与他同龄的老人，早就含饴弄孙、安享晚年了。

要把优秀变成习惯，关键是要有一个好的开头。也就是说，我们的人生应当力争从一开始就做到优秀，走在前面，这虽然很难，但很重要。因为万事开头难，如果争取到了一个优秀的起点，再往下走就会逐渐形成惯性，就会自觉地要求自己保持优秀的习惯，就会想方设法取得新的优秀，一路优秀下来。相反，倘若一开始就落后平庸，形成习惯性落后，再想后来居上就很难了。

把优秀变成习惯，我们将获益匪浅。

人生需要“重点突破”

人生苦短，转瞬百年。或精力不济，或财力有限，或其他主客观条件限制，无论是谁都不可能全面收获，处处成功。一个希望什么都得到、什么都成功的人，很可能最后什么都得不到，什么都不成功，辛辛苦苦忙了一辈子，却一事无成。看起来好像很热闹，到处涉猎，四面开花，但没有一处亮点，没有一点辉煌，都是灰蒙蒙一片，不值得一提。那么，依我的人生经验，人生一定要善于“重点突破”，切忌求全尽美。

古人说，成功者有立德、立功、立言三立。古往今来的能士显达，能称上“三立”者凤毛麟角。那么，比较可行的办法，就是在这“三立”中重点突破一立，争取在一立中立出名堂，立出成就，这就十分难得了。有了扎扎实实的“一立”，或品德高尚，或著作等身，或功高盖世，就足以流传千古了。

譬如学艺术，吹、拉、弹、唱、舞蹈、小品、影视表演无一不会者，肯定出不了大成就，只能是样样都通，样样稀松，上不了台面。而如果这吹、拉、弹、唱能重点攻其一点，苦学苦练，坚持不懈，练成绝技，就可能成为名震一时的演奏家、歌唱家、艺术家。

又如择偶，下得厨房，上得厅堂，美貌如西施，学识似班昭，聪慧如谢道韫，贤惠似刘惠芳，这样尽善尽美的佳人，一是太少，天下难寻，二是你自己的条件也未必能配得上人家。怎么办呢？我建议还是要根据自己的实际需要与可能，“重点突破”，或以相貌为主，或以贤惠为上，或以学识为重，舍弃别的不切实际的选择。

消费也是如此。钱多得几辈子用不完的人，像比尔·盖茨们，自然不必说了，想买啥就买啥。如果钱财紧张，捉襟见肘，则应量力而行，重点突破，不要处处和人比较，打肿脸充胖子，而要挑自己最需要的东西买，其他消费有条件后再说。譬如彩电、冰箱、洗衣机、微波炉等，都有用处，先买什么呢？显然，应该首选彩电，因为彩电和我们关系最密切，又没有替代品，买回来后全家受益。

交友，倘若交得太滥太多，花钱费力耗时还不说，可能多半是酒肉朋友，泛泛而交，有好处一哄而上，大难临头一哄而散，节骨眼上谁也帮不上忙。这就不如重点地深交几个“高质量”的朋友，就像管仲与鲍叔牙，俞伯牙与钟子期，马克思与恩格斯，相互之间解衣推食，慷慨无私，高山流水堪称知音，这样的朋友，诚如鲁迅所言“人生得一知己足矣”。

旅游看风景也要看重点。天下美景多矣，不可能一一阅尽。譬如看山，既然是“五岳归来不看山，黄山归来不看岳”，那么把黄山好好看了，再看上一两岳，其他山也就可看可不看了。无非崇山峻岭，古树奇松，清泉云海，大同小异。譬如著名的杭州西湖十景，不必一一看到，因为有些景值得一看，有些景则只是为了凑十景之数而已，不看也罢。

干事业，是我们一辈子的立身之本，更不宜四面出击，用心不专。而要择其一业，舍弃其他，苦心钻研下去，以求取得突破，成为专家，这就是所谓“一招鲜，吃遍天”。反之，如果老是跳槽，见异思迁，什么都想试试，这山望着那山高，吃着碗里看着锅里，最后可能什么都干不好，什么都是二把刀子，最终是个失败的人生。就像打井，浅尝辄止，捅了一堆黑窟窿，一口也没见水。这样的人咱们见得太多了，到处都是，但愿我们自己不要成为其中一员。

学会“重点突破”，也是一种不可或缺的人生智慧。

6

第六辑

拥抱幸福篇

幸福密码

最近，央视播出电视剧《幸福密码》，妻子西凤与丈夫向南展开了一系列控制与反控制、征服与反征服的龙凤斗。历经重重磨难、打击和挫折后，夫妻二人终于明白了一个道理：幸福要靠两个相爱的人互相包容、互相尊重、共同经营才会降临。作家毕淑敏也推出著作《破解幸福密码》，探讨了获取幸福的种种途径，见解不俗。市场上还有不少以“幸福密码”为名的书籍，销路也不错。

看来，人们是相信幸福有密码的，得到了幸福密码，就会像阿里巴巴那样打开藏着宝藏的山洞，寻找到幸福。这个密码是什么呢？每个人都有自己的答案，见仁见智，依我管见，幸福密码有六个字：成功、施爱、知足。

成功，会带来成就感，会体现自己的价值，得到社会和他人的尊重与肯定，会使人感到愉悦，幸福自然也就在其中了。英国《太阳报》曾以“什么样的人最幸福”为题，举办了一次有奖征答活动，编辑们从八万多封来信中评出了四个最佳答案：1. 作品刚完成，吹着口哨欣赏自己作品的艺术家；2. 在海边用沙子筑好城堡兴高采烈的儿童；3. 为婴儿洗完澡的母亲；4. 千辛万苦开刀后，终于挽救了危重病人的外科医生。不管事情大小，意义轻重，这四个人有一个共同特点，都是成功者。那么，这就启发我们，一个人要想获得幸福，首先就要以十二分热情投入到事业中，殚精竭虑，苦心孤诣，创造业绩，实现成功，这是幸福密码的第一要义。

施爱。有爱心的人，经常帮助人的人，助人为乐的人，幸福感就比一般人要强得多，因为他会觉得自己对他人有用，对社会有用，因而获得内心的慰藉，所谓“赠人玫瑰，手留余香”，幸福感就是“余香”。反之，那些内心没有爱的人，极端自私不会爱人的人，拔一毛利天下而不为的人，把幸福建筑在别人痛苦基础之上的人，是不会真正幸福的。鞍钢工人郭明义，20年献血6万毫升，是他自身血液的10倍多，为希望工程、身边工友和灾区群众捐款12万元，先后资助了180多名特困生，被誉为“当代活雷锋”。他的体会是，“给人温暖就是给自己幸福。每做一件好事，就有一股幸福感涌上心头，越做越有劲！”因而，一个锦衣玉食、要啥有啥却不感到幸福的人，不妨去做些善事，修桥铺路，播洒爱心，帮帮穷人，幸福就会来敲门。

知足。知足常乐，是中国民间非常有智慧的一句话，许多人的不幸福就往往来自不知足，本来很幸福的日子，却不珍惜，胡乱攀比，得陇望蜀，和大款比房子，和富豪比车子，和老板比银子，结果是越比越泄气，越比越沮丧，自然也就不会有什么幸福感。中国科学院院士裘法祖有一个座右铭：“做人要知足，做事要知不足，做学问要不知足。”我这里说的知足，也是“做人要知足”，也就是说一个人在物质条件、名利地位、生活待遇上，要知足，知足才能常乐，淡泊方可明志。以裘法祖院士为例，他一直住着50多平方米的房子，用着五六十年代的旧家具，过着很俭朴的生活，他觉得这就够了，很不错了。但也有些人则恰恰相反，他们生活上从不知足，标准能定多高就定多高，迷恋灯红酒绿，沉溺于声色犬马，贪得无厌，欲壑难填，甚至不惜走邪门歪道，巧取豪夺，贪污受贿，结果把自己送进地狱之门，幸福也就荡然无存。

成功是幸福的不老泉，汩汩不绝；施爱是幸福的催化剂，作用神奇；知足是幸福的保护神，安全可靠。如果有了这三样东西，幸福就会形影不离，你不想幸福都不行，就没事偷着乐吧。

珍惜你的“小确幸”

村上春树的随笔集《兰格汉斯岛的午后》里有一篇“小确幸”的文章，他说，生活中有很多“微小但确切的幸福”。村上举例说，自己选购内衣，把洗涤过的洁净内衣整齐地放在抽屉中，就是一种微小而真确的幸福。他最后写道：“如果没有这种小确幸，人生只不过像干巴巴的沙漠而已。”

若按村上的标准，我们每人都有许多“小确幸”，只是平时不在意、不珍惜、不当回事罢了。文学评论家金圣叹的三十三则《不亦快哉》，讲的都是“小确幸”，如乘凉、喝酒、闲读、吃瓜、洗澡、观景等，没有一则是“高大上”的，居然成为传世之作。后来的林语堂、梁实秋、三毛、李敖、贾平凹也都做过这样的“不亦快哉”体的文字，讲的也无非是看电影、读闲书、喝咖啡、嚼槟榔、抽烟斗、赶酒席、听乡音等生活琐碎，难归“形而上”行列。不夸张地说，无论平民百姓还是社会名流，一生中百分之九十五的幸福都是“小确幸”，而“洞房花烛夜，金榜题名时”那样的大号幸福，一辈子也赶不上几回。

以我为例，就职高校，业余写作，无大才具、大志向，但善于自娱自乐，也自我感觉良好。因为出身平民，我没有与人“拼爹”的自豪；平时不炒股、不买彩票，注定不可能有一夜暴富的幸福；不走仕途，不结交权贵，亦无出将入相的荣耀。我的幸福清一色都是“小确幸”，在学校教学效果不错，被学生打优良成绩，沾沾自喜；在报刊上发个豆腐块，拿稿酬买烤鸭一只，回家与妻共享；多年老友来访，在门口大排档小酌，谈今说古，海阔天空；孩子周末来聚，做得一桌好菜，安享天伦之乐；参加一日游，到郊外登高望远，观花看柳……这些“小确幸”门槛低，成本小，惠而不费，当然也微不足道，却充实了我的生活，愉悦了我的精神，使我的人生没有变成“干巴巴的沙漠”。

大千世界，人海茫茫，固然有气吞宇宙的英雄豪杰，叱咤风云的伟人贤达，但估计像我这样平淡无奇的人还是占绝大多数。他们默默无闻，无足轻重，生活中没有大起大落，大喜大悲，成功是小字号的，幸福是“小确幸”的，这就是现实，而且是很难改变的现实。如果好高骛远，把眼光总盯在那些“高大上”的幸福上，鄙视自己的“小确幸”，他就一定会活得很郁闷。相反，我们在生活中常可以观察到，那些知足常乐的小人物，有滋有味地咀嚼自己的“小确幸”，毫不掩饰地向人炫耀自己的“小确幸”，往往是幸福指数最高的人。小区门口有个修鞋匠老张，因为腿有残疾，找的是个寡妇，老婆没有工作，靠捡破烂补贴家用。但他每天都有高兴的事，孩子学习好，得奖了；老婆捡破烂多卖了一二十元钱；自己揽的活多，生意不错；小区居民送他几件旧衣服；住上了廉租房等，就是这些我们看不上眼的“小确幸”，让他从来都是笑眯眯的，嘴里不停地哼着家乡小调，似乎自己是天下最幸福的人。

追求幸福是每个人的目标，幸福内容之大小轻重可能迥异明显，但享受幸福的心情却差别不大。两个性情相投的穷朋友，要一壶老酒，两盘小菜，说古道今，那份快乐，丝毫不比品路易十四，吃龙虾鲍鱼的豪富逊色；一个看丰收稻谷随风摇曳的田舍翁之喜悦心情，也并不差于盯着《福布斯》排行榜上自己名字的大老板。

珍惜你的“小确幸”，就是在护卫生命的绿洲。

提高幸福“敏感度”

幸福是一种感觉，感觉就有迟钝与敏感之分。有人感觉迟钝，每日穿金戴银，吃香喝辣，也不觉得幸福；有人感觉敏感，粗茶淡饭甘之如饴，甚至面对“山间明月，江上清风”都感到幸福。

每日与我一起散步的一个姓曲的朋友，幸福敏感度就特别强。宴席上，几乎每上一道菜，他都啧啧称赞“真地道”“名不虚传”，本是平常薄酒，他却贪婪地一杯接一杯喝，还真诚地评价“不比茅台差”。不仅请客的主人很高兴，觉得有面子，我们也受他感染，不由得就吃喝得满面红光，尽兴而归。以后，不论谁请客，都希望他能光临。

他与我同岁，水平也不差，但工资却比我低一级。要是我，肯定心理不平衡，可他总是十分满足地说，不少了，比我打工的弟弟要多两倍多，比我老婆多一半，其实远没他们辛苦，我知足了。咱也算是有房有车，进入中产阶级了。

说到车，他买了一辆国产的两厢车，不到8万元，不仅开着上下班，还开着赴宴，去旅游，一谈到他的爱车就眉飞色舞，似乎那是天下最好的汽车。对他的感觉良好，我有些不解，也有些嫉妒。我开着一辆20多万元的合资车，还觉得掉价，老是想换车，因为每每和人家的奔驰、宝马一比，都觉得自惭形秽。

老曲高大帅气，风流倜傥，老婆长相一般，中等偏下，他却经常一脸幸福地夸赞说，我老婆年轻时真漂亮，现在也不差，风韵犹存。到现在，两人一起走路还手拉手，好像有说不完的话。我一见就直撇嘴，不好直接打击他的积极性，就私下腹诽说，真不知道他是什么眼神，审美观太差。

我与老曲比，收入、职称、级别、家庭、房车似乎方方面面都比他强，可他的幸福感却比我高得多，每日里满面春风，哼着小曲，见谁都咧着嘴笑，就像买彩票中了大奖一样。我却经常郁闷不安，愁容满面，怨气纠结，级别升了，却对升得有些晚耿耿于怀，职称进了，却对个别没有投我票的评委怀恨在心，有时我也反思，是不是我真的身在福中不知福，对幸福的感觉太迟钝？

看大门的保安老马是个下岗工人，也整天笑眯眯的，他收入不高，没啥文化，却不乏睿智深刻之见，他说："啥叫幸福？幸福就是医院里没躺着咱家的人，监狱里没关着咱家的人，吃饱穿暖有房住，没人上门讨债。"他的幸福敏感度也比我高，他的幸福观也给我启发。

我又想到，美国著名盲人女作家海伦·凯勒说："假如给我三天光明，我就是最幸福的人。"南非前总统曼德拉在回忆录里说："坐牢的时候，每天晒半小时太阳，就是最幸福的事。"已故作家史铁生，需要每周两到三次的肾脏透析，在他看来，"每周能少做一次透析那就是幸福"。而华人首富李嘉诚谈到幸福观时说："不带保镖，一个人到公园里转转，那就是幸福。"

如果这就是幸福，我们天天都在享用，为什么感觉不到呢？说到底就是太迟钝了，不知惜福。南宋无门法师诗曰："春有百花秋有月，夏有凉风冬有雪，若无闲事挂心头，便是人间好时节。"如果我们有了这样的幸福敏感度，早晨去公园晨练，白天愉快地工作，晚饭后夫妻悠闲地散步；节假日游山玩水，纵情大自然；

“月上柳梢头”时，情人们卿卿我我，缠绵悱恻；“夕阳无限好”，老人推着婴儿车含饴弄孙……都会被我们视为幸福而倍加珍惜，因为还有一些人无法享受这样的生活，因为这样的日子也不会无限期地陪伴着你，说不定什么时候就会离你而去。

事在人为，境由心造。提高幸福敏感度，我们会与更多幸福为伴！

惜福

弘一大师非常喜欢清代刘文定的名联："惜衣惜食非是惜财缘惜福，求名求利须知求己莫求人。"不仅自己家里挂着，还常写成条幅送人。他在《惜福》一文里说道："惜是爱惜，'福'是福气。就是我们纵有福气，也要加以爱惜，切不可把它浪费。"

福气，包括一切让人愉悦的事情。《书经·洪范篇》有"五福"之说："五福者，一曰寿，二曰富，三曰康宁，四曰修好德，五曰考终命。"通俗点说，洞房花烛、金榜高中、丰禄高寿、妻贤子孝、父母健在、家业兴旺、功成名就等，都是福气。但遗憾的是，往往会有人生在福中不知福，不知珍惜，随意糟践，失去之后才悔恨交加，痛心疾首，诚如古人所言："井涸而后知水之可贵，病而后知健康之可贵，兵燹而后知清平之可贵，失业而后知行业之可贵。凡一切幸福之事，均过去方知。"

惜福，首先要细水长流，节约着用，不可随意浪费，暴殄天物。"福不双降，祸不单行"，福气是很少又很珍贵的，一个人的福气大体是有定数的，不可能应有尽有，取之不竭，用完了就没有了。当年李自成进北京，刀枪入库，马放南山，天天过年，海吃海喝，灯红酒绿，骄奢淫逸，18天就把一辈子的"福气"用完了，不得不狼狈逃出北京，从此一蹶不振，很快就灰飞烟灭了。"我们不当李自成"有很多意义，惜福即为其中之一。

惜福，最忌自毁福气。“天作孽犹可违，自作孽不可活”，谁要是自己糟蹋自己的福气，那就活该倒霉，谁也救不了你，也没有人同情你。譬如，明明家里有知冷知热的贤惠妻子，却偏偏到外边拈花惹草，闹婚外情，一旦东窗事发，就会毁了幸福家庭；身居高官显爵，禄厚位尊，要啥有啥，令人艳羡，却不知珍惜，贪赃枉法，一朝事败，立马就从“官老爷”变成阶下囚；放着小康日子不好好过，去赌博吸毒寻求刺激，最终结局不是家破人亡，就是锒铛入狱。这样的教训举不胜举，只可惜仍有人在飞蛾扑火，自绝生路，实在是令人悲哀。

惜福，不是当守财奴，也要善于与大家分享。有福同享，有难同当，是国人的传统美德。因而，平时不浪费每一个铜板，扶危济困时毫不吝惜；平时勤勉谨慎地构筑自己幸福的生活，国家民族危亡时不惜毁家纾难，乃是最高层次的惜福。前不久仙逝的邵逸夫先生，自己生活一向节俭低调，却为教育捐赠金额近 47.5 亿港元，建设各类项目 6013 个，造福莘莘学子。《菜根谭》说：“平民肯种德施惠，便是无位的卿相。士夫徒贪权市宠，竟成有爵的乞儿。”邵逸夫公就是这“无位的卿相”，也最得惜福之真谛。

惜福，也要开源节流，不断创造新的福气，不能坐吃山空。“樱桃好吃树难栽，幸福不会从天降，”任何福气都是我们努力的结果，一分耕耘一分收获，福气只降临给那些勤奋刻苦的人，懒汉懦夫与福气无缘。因而，我们必须破除故步自封、小富即安的保守心理，一方面要小心翼翼地珍惜已有的福气，慢慢享用，细细消受；另一方面还要勇于开拓创新，拼搏进取，争取更多的福气，造福自己，奉献社会。

市井陌巷，酒楼茶肆，常听人由衷或违心地在道贺：你好福气啊！这是恭维、羡慕、嫉妒，其实也是在提醒，花无百日红，人无千日好，福气就像飘忽不定的五彩祥云，不会永远罩在你的头顶，一不留神就没了，你要惜福！

“没感觉”就是幸福

今年开“两会”，有代表发言说：如今有车有房有存款，啥都不缺，可就是没感觉幸福。一言既出，引发热论，见仁见智，我也想谈点儿看法。心理学研究表明，人们往往对幸福很迟钝，对痛苦却很敏感。若要问他：你幸福吗？许多人就会无精打采地回答：就那样，一般般，没感觉。其实，没感觉就是幸福，真有感觉了，那多半可能是痛苦。

譬如说，当我们呼吸着新鲜空气时，是没任何感觉的，也没觉得空气多重要；而呼吸到污浊空气时，才会有感觉，像喉咙疼、鼻子痒、眼发涩等。三亚、海口就较少有人有兴趣讨论空气问题，因为他们可能几乎没感觉；只有那些空气污染严重地区的人才会把空气质量老挂在嘴上，因为他感觉到不舒服了。

一日三餐，正常吃饭时，人是没啥感觉的，顶多可口而已，若问上一顿吃的啥，可能都不记得了。而当你吃饭有感觉时，一是饿得实在受不了，再不吃饭就顶不住了；再就是那饭菜不是太辣、过咸，就是苦涩粗粝，难以下咽。朱元璋山珍海味天天吃也没感觉，讨饭时的一碗“翡翠白玉汤”却让他记了一辈子。

穿衣厚薄得当时，人没感觉，舒适而已，若有感觉了，不是寒冷刺骨，就是热得冒汗。“布衾多年冷似铁”的杜子美有感觉；“可怜身上衣正单，心忧炭贱愿天寒”的卖炭翁有感觉；“罗衾不耐五更寒”的李后主有感觉；“三杯两盏淡酒，怎敌他晚来风急”的李清照有感觉，他们哪个是幸福之人？

身体没毛病时，各个器官都在正常运转，就会对其没感觉，因为那正是你的幸福时光。而当你感觉到某个器官存在时，一般来说，就准是这个地方有毛病了，感觉肝疼，估计是肝炎又发作了；感觉胃痛，准是没吃好；感觉肛门疼，那八成是痔疮犯了；感觉腰疼，或许是椎间盘突出了。

寻常夫妻过日子，时间一久，就如同“左手握右手”，确实没感觉，一点儿也不刺激，其实平平淡淡就是福。而一旦老婆红杏出墙，或老公外遇出轨，你就会有感觉了，痛苦也就来了。打闹、冷战、分居、离婚，对簿公堂，反目成仇，就像屠夫割肉，刀刀见血，痛苦难忍，不掉几斤肉，也像扒一层皮。

还有做官，在位时，上下班车接车送，对部属吆三喝四，主席台上正襟危坐，出去视察前呼后拥，回到家里高朋满座，习以为常了，没啥感觉。但一卸任，可能就会人走茶凉，门前冷落，过去一个电话就能办的事，现在也得求爷爷告奶奶，过去的笑脸相迎变成陌同路人，世态炎凉的感觉，立刻让你的幸福感荡然无存。

大千世界，芸芸众生。绝大多数情况下，幸福都非大红大紫，而是轻描淡写；非腥辣膻鲜，而是清汤寡味；非轰轰烈烈，而是不显山不露水，“也无风雨也无晴”。但你一定要珍惜，要提醒自己，这就是幸福。如果吃饱了撑的，没事找事，刻意去寻觅“感觉”，追求刺激，搞不好就会弄巧成拙，不仅你渴盼的幸福没找到，原来手里把握的幸福也飞走了。这大概不需要举例说明，每个人都可能耳闻目睹过这样的事：“择膏粱，谁承望流落在烟花巷！因嫌纱帽小，致使锁枷扛。”

当然，凡事都有例外，有些事情是有感觉幸福，没感觉不幸福，譬如……你懂的。

幸福是比出来的

老百姓其实很少用“幸福”这个词，譬如我父亲，今年八十多了，他总爱用“舒坦”这两个字来形容日子过得幸福。饭桌上，看着鸡鸭鱼肉一大桌菜，父亲抿一口酒，就开始重复他不知讲过多少遍的老话：过去，就是地主老财，逢年过节也弄不上这一桌菜，我活到16岁还不知肉是啥滋味，50岁之前就没咋吃饱饭，那时候孩子多，收入低，想吃没有钱，有钱也买不到。现在，顿顿都是肉，想吃多少吃多少，这日子真是舒坦，我算是知足了。的确，过去是吃了上顿愁下顿，现在是想吃啥有啥，我父亲的幸福感是和过去比出来的。

小区门口有个修鞋匠老张，是个河南人，五十多岁，他把幸福叫“得劲”。我每次去修鞋，都和他聊会儿天，发现他比我的幸福指数高得多，从来都是笑眯眯地，哼着家乡的豫剧小调。他因为腿有残疾，结婚晚，找的是个寡妇，带过来两个孩子，都正在上学，老婆没有工作，靠捡破烂补衬家用。我总觉得像他那样的生活，很难与幸福二字挂钩，可是不，他嘴上说的最多两个字就是“得劲”。孩子学习好，得奖了，他说“得劲”；老婆捡破烂多卖了一二十元钱，他说“得劲”；自己揽的活多，生意不错，那就更是“得劲”，给人的感觉，他似乎是天下最幸福的人。他常说，在老家像我这样的残疾人，很难娶上媳妇，更过不上城里人的日

子，他的幸福感是和他的乡亲比出来的。

我装修房子时，认识一对民工夫妇，姓阮，四十来岁，四川绵阳人，专门铺地板砖，他们把幸福叫“安逸”。两口子的活干得好，价钱也公道，我这个楼的住户都争着请他们干活。他们也不租房子，干到哪里住到哪里，给我干活时，就住在我的房子里，一副简单的铺盖卷，一个电饭锅，自己买菜烧饭，每天都干到很晚。我和他们聊过几次，虽然他们说的是“川普”口音，但一说快了就难听懂，不过，我听他们用的最多的一个词就是“安逸”。他们对现在的生活很满意，只要有活干，每个月都能挣上三四千元，比远在广东打工的几个弟弟都挣得多，跑那么远，还是台湾的大工厂，听着怪吓人，可票子还没我挣得多，“硬是安逸啊”！老阮最喜欢用这句话来形容自己的幸福。老阮的幸福感是和自己的弟弟比出来的。

由是，我悟出一个道理，幸福是比出来的，不幸福也是比出来的。关键是要找对比的对象，像我父亲，他感到幸福，是因为他和过去衣食不给的苦日子比，如果他硬要和那些终日吃山珍海味的大款比，那就不会有什么幸福可言了。像修鞋匠老张，他感到幸福，是和老家那些娶不上媳妇的残疾人相比，如果他和城里那些修鞋的主顾比，心理就很难平衡了。同样，民工老阮的幸福，是同在广东打工的弟弟相比的结果，如果他和小区的这些住户的收入相比，那恐怕也不会有太好的心情。

反思自己，我虽然工作稳定，收入不菲，有房有车，但幸福感却不强，远不及鞋匠老张们，就是因为我比的对象往往是比我强很多的人，收入、地位、房子、车子、孩子，本来都不错，可是与人一比，就顿时心灰意冷，觉得矮人一截，好像自己是白活了。胡乱攀比，结果把幸福感比没了，这就是自寻烦恼，世界上不知还有多少人和我一样，身在福中不知福。

事在人为，境由心造。幸福是比出来的，能比出舒坦，比出得劲，比出安逸，那才是明白人。

幸福需要“钝感力”

日本作家渡边淳一出了一本畅销书《钝感力》，他解释说，“钝感力”可直译为“迟钝的力量”，即从容面对生活中的挫折和伤痛，坚定地朝着自己的方向前进，钝感虽然有时给人以迟钝，木讷的负面印象，但钝感力却是我们赢得美好生活的手段和智慧。他还提出了钝感力的五项铁律：1. 迅速忘却不快之事；2. 认定目标，即使失败仍要继续挑战；3. 坦然面对流言蜚语；4. 对嫉妒讽刺常怀感谢之心；5. 面对表扬，得寸进尺，得意忘形。

渡边淳一的钝感力之说深得我心，因为我就是一个钝感力很强的人，换言之就是一个很迟钝的人，虽然也吃了不少因为迟钝的亏，但也得了颇多因为钝感力强的福，不妨谈谈我的体会，一来印证渡边淳一的钝感力之说，二来与天下与我有同样钝感力的朋友共同交流切磋。那么，钝感力强有哪些好处，又是如何为我们“赢得美好生活”的呢？且听我一一道来。

反应迟钝一点的好处。谁想指桑骂槐讽刺挖苦你几句，败坏你的心情，你却毫无反应，似乎与己无关，倒气得他肚子疼。无论如何，别像《红楼梦》里的林姑娘那样，多愁善感，见花落就掉泪，看月缺也伤心，谁说一句硬话，她就得瞎琢磨大半天，谁对她略冷淡一点，她就几天睡不好觉。所以，大观园里最快活的，反倒是大大咧咧的外姓人史湘云、没肝没肺的丫头傻大姐。

记性差一点的好处。谁说过你坏话，谁得罪过你，咱偏偏不往心里记，也记不住，就像垃圾一样彻底倒掉；遇到不顺心的事，碰上给你添堵的人，睡一觉就忘他个一干二净。心中无事，坦坦荡荡，自然见谁都是乐呵呵的。不过，记性再差，欠了人家的钱可别忘还啊。

耳朵聋一点的好处。耳朵多少有点背，固然少听了美妙的啾啭鸟语，天籁之音，绕梁之声；但那些不利你的风言风语，污蔑你的流言蜚语，攻击你的胡言乱语，你也同样听不清、听不到。只隐约觉着有狂犬瞎吠，蛤蟆乱叫，反正与你无关，随他叫去，自然就少了许多烦恼。

视力弱一点的好处。眼为视之官，看到的东西越多，特别是那些对你是负面的东西，阴暗的事情，心情就越烦，心理负担就越重。所以，没有必要眼观六路，明察秋毫，这样，他人对你的不恭，显贵对你的鄙视，富豪对你的小瞧，你看不清、看不真就眼不见为净，自我感觉良好。

期望值低一点的好处。别人心高志远，希望能出将入相，青史留名；咱就图个安居乐业，温饱有余。别人望子成龙，盼女成凤，将来好光宗耀祖；咱只盼孩子健健康康，学上一技之长，有个吃饭的饭碗就行了。别人的奋斗目标是腰缠万贯，富甲天下；咱的目标是小康水平，钱不多，够花即可。目标不高，自然容易达到，无须拼死拼活；期望值低，知足者常乐，游哉悠哉，赛似神仙。

别看咱钝感力特强，处处似乎都比人差一点，耳不聪，目不明，胸无大志，心无城府，遇事不会举一反三，对人不会心口不一，换来的却是一生快活。有人会说咱是“缺心眼”，也有人会说咱是“装傻”，其实咱这才是大愚若智啊。

幸福也会过犹不及

能够拥有幸福生活是每个人的梦想，但是幸福是否越多越好呢？一项最新公布的心理学研究结果表明，获得太多的幸福并不一定就是好事，幸福也会过犹不及。据英国《泰晤士报》报道，一个心理学研究小组对193名志愿者的行为做出了分析，结果发现那些感觉最幸福的被调查者不一定生活得非常成功。研究小组指出：“我们虽然认为应当拥有超级幸福的生活，但是有时候也需要一些负面的情绪。”

人人追求生活幸福，但幸福也会过犹不及，幸福得无以复加，其实并不是好事。因为生活中如果甜得流蜜，会使人感到发腻，方方面面都太圆满了，没有一点缺憾，反倒让人觉得生活乏味，没有一点刺激。功成名就，高官厚禄，腰缠万贯，豪宅大院，健康长寿，安逸闲适，夫妻恩爱，儿女成材等，都是人人追求的好事，是幸福生活的主要内容，但既不可能样样具备，事事圆满，也无须全面追求，十全十美，总得有所取舍，总要留有一点遗憾。“腰缠十万贯，骑鹤上扬州”之类，只是书生大话罢了。

前不久，我去河南省巩义市康百万庄园参观，建筑巧妙，规模宏伟，自不待言，然而，我更有兴趣的是大堂正中悬挂着的那幅《留余匾》，文曰：“留有余，不尽之巧以还造化；留有余，不尽之禄以还朝廷；留有余，不尽之财以还百姓；留有余，不尽之富以还子孙。”细细品之，觉得意味深长，颇含哲理，根子里也是说的幸福过犹不及之意。

过犹不及的幸福会使人感到麻木。幸福包括很多内容，有物质的，有精神的，真正的幸福是人们在追求幸福时的感觉，那种历经艰辛后获得成功的幸福，那种春种秋收、播种耕耘后收获的幸福，如果没有了这些过程，无须奋斗就可以坐享其成，不要流血流汗就想要什么有什么，久而久之，人就会堕落成精神麻木，身体麻木，只会享受的懒汉，无所作为的酒囊饭袋。

过犹不及的幸福会使人退化。劳动使人进化，奋斗使人进步，对现实不满使人改革创新，如果幸福到无须劳动、奋斗就能衣来伸手，饭来张口，那其实是人的悲剧。八旗子弟就是典型，当初入关的八旗兵何其勇猛，所向披靡，可他们的子弟，因为享受到了太多的幸福，无须种田、做工、经商，什么都不干，就有朝庭给的一份吃不完的丰厚收入，当时叫“铁杆庄稼”，正是这种超级幸福生活使八旗子弟急剧退化，最后成了一帮只会玩鸟逗狗的超级废物。

过犹不及的幸福也会使事业失败。古人说：生于忧患，死于安乐。是为历史一再证实的普遍真理。太安逸的生活，太无忧无虑的境遇，太舒适的条件，容易使人缺乏进取精神，无心奋斗创业，精神萎靡，斗志衰退，无论是一个团体还是一个家族乃至个人的事业，都很难永葆青春，持续发展。中国历来有“富不过三代”之说，就是最好的证明，即便是当代企业，能在三代人手里保持繁荣者也寥寥无几，原因也正是那些在蜜糖罐里长大的纨绔子弟很难接好父辈们的班。

当然，话也不能说绝了，我们工作奋斗，就是为了创造更多的幸福，享受更高质量的幸福，就全人类而言，幸福还是多多益善。所谓幸福过犹不及说，就是要求我们个人要懂得惜福，“生在福中要知福”，自己幸福也尽力帮助别人幸福，不去追求那些奢侈性的幸福，不要沉溺于幸福中而忘了奋斗进取。还有很重要的一点，“福不可享尽，留几分给子孙”。从小处说，自家财产不要穷奢极欲，花光用光；从大处说，这一代人要给下一代人留有幸福的余地，切不要鱼捞完，树砍光，矿采尽，“白茫茫一片大地真干净”，那就惨了。

幸福的底线

俄国作家契诃夫说过：“如果你手上扎了一根刺，那你应当高兴才对，幸亏不是扎在眼睛里。”原以为这只是一种幽默的调侃戏谑，后来才发现，其实这也是一种达观的生活态度和人生智慧，且为许多贤达俊杰所膺服。

一次，曾任美国第32届总统的富兰克林·罗斯福家中失盗，损失惨重。朋友写信安慰他，罗斯福回信说：“亲爱的朋友，谢谢你的安慰，我现在一切都好，也依然幸福。感谢上帝。因为第一，贼偷去的是我的东西，而没有伤害我的生命；第二，贼只偷去我部分东西，而不是全部；第三，最值得庆幸的是，做贼的是他，而不是我。”

作家史铁生曾写道：“生病的经验是一步步懂得满足。发烧了，才知道不发烧的日子多么清爽。咳嗽了，才体会不咳嗽的嗓子多么安详。刚坐上轮椅时，我老想，不能直立行走岂不把人的特点搞丢了？便觉天昏地暗，等又生出褥疮，一连数日只能歪七扭八地躺着，才看见端坐的日子其实多么晴朗。后来又患尿毒症，经常昏昏然不能思想，就更加怀恋起往日时光。终于醒悟：其实每时每刻我们都是幸运的，任何灾难前面都可能再加上一个‘更’字。”

他们实际上都是在为幸福画底线，每个人的具体情况不同，底线也就各有不同。契诃夫的底线就是毕竟“刺没有扎在眼睛里”；罗斯福的底线则是，丢了东西却没有伤人，更没有“丢人”；而长年为病痛所困的史铁生底线更低，只要活着，“每时每刻我们都是幸运的”。在外人看来，他们都是不幸的，但由于给自己画的底线很低，所以他们活得很坦然、很洒脱，也不无幸福感。

幸福其实就是一种感觉。一个总是觉得很痛苦的人，往往就是把幸福的底线画得太高的人，期望值过高，欲望太大，结果与现实产生较大差距，于是痛苦就降临了。譬如说，一个把幸福底线画在得诺贝尔奖上的作家，志向固然远大可敬，但他这一辈子都很难有幸福感，因为这种机会太渺茫了；而一个经常发表小豆腐块文章的业余作家，却常常志得意满，感觉良好，因为他的底线是：文章能发表就是幸福，不拘长短。一个把幸福底线画在富可敌国上的大款，很难心想事成，自然也就无法快乐，哪怕他已经富甲一方；反倒不如那些出大力挣小钱的民工心情愉快，了无挂碍。所以，腰缠万贯的富翁未必就比家境小康的农夫幸福，身居高位的显贵不见得就比街头的小摊贩幸福，学富五车的大学教授不一定就比幼儿园阿姨幸福，归根结底，就是因为他们幸福底线不同，一个画得太高，很难实现，一个画得较低，很容易达到。

电视剧《贫嘴张大民的幸福生活》里张老太太说得好：“啥叫幸福？医院里没咱的病人，监狱里没咱的犯人，门口没有讨债的，这就是幸福！”退一步说，即便你遇到灾难和不幸，这时候，适度地降低一下幸福的底线，也有助于调整心情，渡过难关，坦然面对生活。总之，倘若我们能学会把幸福底线画得低一点，实在一点，离自己近一点，稍许努力便可实现，这样，你便每天都能感到幸福就在身旁。

幸福指数哪里来

随着观念转变，认识更新，如今，大家除了继续关注收入外，开始谈论幸福指数，人们各抒己见，见仁见智，互相比较，交流经验，都希望自己的幸福指数能高一些。决定幸福指数有很多的因素，国家的改革开放方针，地方政府惠民政策，好的带头人的正确引导，还要靠老天爷关照，年年风调雨顺，这都没错；但无论如何不要忘了，幸福指数更要靠自己的努力奋斗，靠自己的心态调整。

“幸福不会天上降，社会主义等不来”，幸福指数也等不来。要提高自己的幸福指数，最重要的是勤劳致富，埋头苦干，钱挣多了，吃穿不愁，住上宽敞明亮的新房子，银行里有可观存款，最基本的幸福指数就有保证了。

但是光有钱还不行，还须创造一个和谐的生活环境。家和万事兴，如果夫妻恩爱，孝敬父母，家庭一片和谐，幸福指数就上来了。再加上邻里和谐，互相帮助，亲如一家，幸福指数还会加分。

倘若子女争气，好学上进，成绩优秀，家长的幸福指数也一定不会低。不过，这也来之不易，没有持之以恒的良好家庭教育，没有父母数年如一日的含辛茹苦，孩子也很难取得优秀成绩，更

谈不上脱颖而出。

遵纪守法，安分守己，看似与幸福指数无关，其实不然，如果在这两条上越轨了，自己或家人出事了，被判刑了，坐牢了，那幸福指数就一下子滑下来。

要想幸福指数高，还得把身体锻炼好。没个健康身体，一身是病，钱再多、房子再大也不会幸福。特别是在收入不高的家庭，家里要是摊上一个大病、重病人，多年的积蓄花完不说，可能还要负债累累，全家的幸福指数都会急剧下降。所以，注意保健，锻炼身体，恪守养生之道，是提高幸福指数的根本。

培养点业余爱好，也能提高幸福指数。琴棋书画，跳舞唱歌，远足旅游，打球游泳，收藏古玩，写诗作文等，或雅或俗，随便会上几招，就能带来无限乐趣，提高生活质量。反之，如果什么都不爱好，什么都没兴趣，除了上班、干活，就是吃饭、睡觉，生活枯燥乏味，挣钱再多，幸福指数也不会高到哪里去。

克制欲望，把欲望放在一个合适水平，防止其恶性膨胀，是保持高幸福指数的一个重要因素。欲望往往与幸福指数成反比，欲望越大，幸福指数就越小，欲望越高，幸福指数就越低。所以，林则徐有名联曰：无欲则刚，有容乃大。当然，这绝不是提倡苦行僧、禁欲主义。七情六欲人皆有之，谁都想天天向上，越过越红火，但别忘了，欲壑难填，贪欲、权欲、性欲、名欲、占有欲，哪一项没控制好，就可能会泛滥成灾，毁了我们的幸福。

调整好心态，对提高幸福指数也不无小补。心态平和的人，知足常乐的人，淡泊名利的人，幸福指数就高；心狂气傲的人，嫉贤妒能的人，胡乱攀比的人，幸福指数就低。

《国际歌》唱得好："要创造人类的幸福，全靠我们自己。"谁要想改善生活质量，提高自己幸福指数，就好好工作学习，保持身心健康，建功立业，发奋努力吧。

对自己说“够”

汉文帝登基伊始，为考察大臣，明辨贤愚，说：“赐你们到国库里去搬绢，能搬多少就赏多少。”结果居然有几个大臣因为搬得太多，不胜重负，摔成骨折。皇帝看了记录说，这几个人不能用，贪婪而无节制，他日必因此而生变故，非朕可信之人。

女作家池莉也“英雄所见略同”。她回忆说，自己刚出道时，参加一次笔会，看见一个平素很崇拜的作家，兴奋不已。吃饭时，因为吃的是自助餐，看到那个著名作家的盘子里堆得如同小山一样，最后剩了一多半，她对那个作家的好感立刻荡然无存：一个不会对自己说“够”的人，我是瞧不起的。

对自己说“够”，是人生智慧，是豁达胸怀，是高人境界，也是保全自己的秘诀。

情爱，要对自己说“够”。到处留情，那叫滥情，四方施爱，那叫乱爱，还是陶行知说得好：“爱情之酒甜而苦，两人喝，是甘露；三人喝，是酸醋；随便喝，要中毒。”家有娇妻，一个就够了，吃着碗里的，看着锅里的，当心噎着你。因而，不妨学李敖：“不爱那么多，只爱一点点，别人的爱情像海深，我的爱情浅。”

赚钱，要对自己说“够”。钱不是万能的，没有钱是万万不能的，喜欢赚钱、赚大钱，人同此心，不足为奇。但千万不要贪得无厌，欲壑难填，有了一千万元想着一亿元，赶上了李嘉诚还想着超比尔·盖茨，生生把自己当成赚钱机器。钱够花了，绰绰有余了，就要放慢脚步，享受生活，多做善事，回报社会。日食一升，夜眠八尺，要那么多钱干什么？

喝酒，要对自己说“够”。“会须一饮三百杯”，那是诗人的浪漫夸张，千万别信以为真，毕竟，喝多了浪费钱财倒是其次，还容易贪杯误事，最主要是会伤害身体，酒至微醺，花至半开，才是最佳境界。因而，哪怕面对琼浆玉液，也要及时对自己说：够了，打住！

升官，要对自己说“够”。不想当将军的士兵不是好兵，官自然是越大越好，其实未必，如果能力、智商、人望、水平、操守均不足以支持你身居高位，那不仅官当得难受，说不定还会自取其辱，甚至招来杀身之祸，李斯、霍光、鳌拜、年羹尧、和珅，都曾位极人臣，但最后都没有好下场。所以，升官有瘾者也要适可而止，见好就收。权越大，责越重，这就叫高处不胜寒。

荣誉，要对自己说“够”。荣誉是社会和民众对一个人成就和贡献的认可，应该做到实至名归，名副其实。过高的荣誉，犹如小脑袋戴大帽子，令人好笑；过多的荣誉，好比鸟翅上绑了太多黄金，难以高飞。沽名钓誉，自吹自擂，结果盛名之下其实难副，最后难受的还是自己。因而，智者当拒绝高帽，警惕溢美之词，勇于对过多、过高的荣誉说不，够了，太多了，我不需要！

寿命，也要对自己说“够”。人皆希望长寿，但“神龟虽寿，犹有竟时”。祝愿“万寿无疆”固然可笑，渴望长命百岁也少人企及，达观态度是，当走向生命终点的时候，回首往事，我们安详宁静，心存感激，有满足之感：够了，上天对我不薄，人世间这一遭没有白来，我走也。于是，驾鹤西去，得大自在。

对自己说“够”的人，进退得当，收支平衡，有生之喜，无死之惧，逍遥如陶渊明，“采菊东篱下，悠然见南山”，使人艳羡。对自己说“够”的人，与人为善，于世有益，心地坦荡，知足常乐，潇洒似陶朱公，“霸越功高早退休，五湖浪迹泛扁舟”，令人神往。

你幸福吗

央视在2012年中秋、国庆双节期间，推出了《走基层百姓心声》特别调查节目“幸福是什么？”记者分赴各地，采访了包括白领、农民、学生、专家、工人、小贩等各行各业数千人之多，问的都是同样问题：你幸福吗？幸福是什么？

因职业不同，境遇有别，年龄各异，采访对象的答案五花八门，但都很实在，譬如吃饱穿暖，家人团聚，孩子出息，找到爱情，有工作干，有成就感，环境安全，安度晚年，挣钱多，身体好等，马斯洛的生理需求、安全需求、社交需求、尊重需求和自我实现需求五个层次都涉及了。看完这些采访报道，我有三个感受。

其一，幸福是一种感觉。虽然幸福要以一定物质条件为基础，但并非完全与物质条件成正比，所以，买菜的小贩，可能比腰缠万贯的富翁的幸福指数高；盖房子的民工，或许比大公司的CEO活得轻松；看大门的保安，并不一定比住在高尚社区、豪华别墅里的显贵心情郁闷。所以，一位网友说得好：“幸福不是你房子有多大而是房子里的笑声有多甜，幸福不是你开多豪华的车而是你开着车平安到家，幸福不是你的爱人有多漂亮而是爱人的笑容有多灿烂，幸福不是在你成功时的喝彩多热烈，而是失意时有个声音对你说：朋友别倒下！幸福不是你听过多少甜言蜜语，而是你伤心落泪时有人对你说：没事的，有我呢！”

其二，幸福离不开劳动创造。劳动创造财富，劳动带来幸福，不要以为谈挣钱就不高尚，因为谁也离不开这玩意儿。所以，不论是擦皮鞋的婆婆，当小贩的汉子，加班的白领，还是盖房子的民工，火车上的服务员，收割庄稼的农民，众多被采访的对象都在努力服务社会，也在辛辛苦苦挣钱，他们不会说什么漂亮话，也毫不忌讳对财富的追求，对挣更多钱的向往。因为道理很简单，挣不到钱，就买不来吃穿，就没有房子住，就无法供养孩子，赡养老人，哪里还有幸福可言？鲁迅说："我们目下的当务之急是：一要生存，二要温饱，三要发展。苟有阻碍这前途者，无论是古是今，是人是鬼，是《三坟》《五典》，百宋千元，天球河图，金人玉佛，祖传丸散，秘制膏丹，全都踏倒他。"今日而论，就是要堂堂正正地挣钱，大大方方地消费，心安理得地享受，这就是幸福。

其三，幸福须重视精神因素。赫拉克利特说过："如果幸福在于肉体的快感，那么就应当说，牛找到草料吃的时候是幸福的。"果戈理也说过："如果有一大，我能够对国家有所贡献，我就是世界上最幸福的人。"因而，在满足物质幸福之后，我们还必须重视对精神幸福的追求，即"仓廪实而知礼节，衣食足而知荣辱"，这可能是人们的自发觉悟，也需要媒体舆论的积极引导，如果失去这一提升，幸福的标准没有与时俱进，我们的物质条件越好，幸福指数反倒会越下降。在央视的采访中，人们欣喜地看到，许多被采访对象开始向精神幸福的新高度进发，在追求美满爱情，天伦之乐之外，"成就感""实现人生价值""奉献社会""富国强军"等词汇也自然而自豪地挂在人们嘴边。让我印象深刻的是，一个正在北京地铁奋战的工人，说当年他看到人们通过他参加建设的地铁 10 号线去看北京奥运会时，感到特别幸福，如今 14 号线即将竣工，他也很有成就感。我们感谢他，为他骄傲，祝他幸福。

辛勤劳动，愉快享受，创造财富，升华精神，你我都会成为幸福的人！

扼杀幸福的“秘诀”

如今，大家都在千方百计研究幸福的秘诀，探讨怎么提高幸福指数，我却反其道而行之，要琢磨琢磨不幸福的“秘诀”。或问：人人都在追求幸福，难道还有人在想方设法怎么才能不幸福吗，是不是有病？你还别说，这种人真有，还不少哩，有人就生在福中不知福，有人就眼睁睁地往火坑里跳，有人就在硬生生地扼杀自己和他人的幸福，好像与幸福有仇。那么，这些人是怎样“成功”地扼杀了幸福呢，我看主要有这么几条“秘诀”。

要想把幸福赶出门外，你首先要懒惰。夜里打牌到深更，早上睡到日上三竿，地里庄稼长成啥样是啥样，圈里的猪爱长不长，酱油瓶倒了都不扶，没钱了，四处借，缺粮了，等救济，账上只出不进，坐吃山空。幸福就会吓得离你远远的，听见你的名字就害怕。

要想与幸福绝缘，你务必要嫉妒。见谁比你富，就把一双眼瞪红，恨不得看他立时倒霉，家破人亡；瞧谁比你强，就想办法把他整倒，再踏上一只脚，让他永世不得翻身。心里就这样整天酸溜溜的，气鼓鼓的，再加上一肚子的阴火狠招，见谁跟谁来，幸福哪还敢沾你的边呀。

要想和幸福决裂，你还要善于猜疑，想象丰富。老公本是晚

上去加班了，你得猜疑他去找情妇了；老婆和邻人多说了两句话，你得猜疑他们两个必有奸情。然后疑心生暗鬼，反复酝酿发酵，终于忍无可忍，回家就大吵大闹，甚至大打出手。几个回合下来，任是多幸福的家庭，也会土崩瓦解。

要想驱逐幸福，贪婪也少不了。本来家境不错，幸福小康，衣食不忧，却不知足，贪得无厌，还想富上加富，走发财“捷径”，因此去偷、去抢、去巧取豪夺、去贪污受贿，一旦东窗事发，锒铛入狱，身败名裂，财产没收，全家蒙羞，“你的幸福鸟”就从此一去不回。

要想以最快速度告别幸福，那就挥霍奢侈。这虽是传统套路，但灵光得很，可挥金如土，花天酒地，可比阔气，斗排场，打肿脸充胖子。果然如此，任你是金山银海，也经不起如此折腾，三五个回合下来，就能把家产败个干干净净，把幸福打得东逃西窜。

如果幸福已经来了，美妻娇子，天伦之乐，把你腻得实在受不了，那还不好办，来点婚外情就全解决了。你可以包二奶，可以找小蜜，只要外边“彩旗飘飘”，就不愁家中“红旗不倒”。反正纸包不住火，只要这事一败露，家中起火，后院大乱，妻离子散在所难免，幸福终于被你赶出家门。

当然，要想不幸福得更彻底、更迅速，你还可以去赌博，去吸毒，纵有亿万家资，金山银山，也耗不了几个春秋。届时，倾家荡产，人也成了废物，“白茫茫一片大地真干净”，幸福更是无影无踪，杳如黄鹤。

世界之大，无奇不有。追求幸福是人的本性，没有谁真和幸福有仇，但却总有人在有意无意地破坏他人和自己的幸福，执迷不悟，花样翻新，可恶且可悲。好在这世界上正常的人还是多数，因而我祝愿追求幸福的人排成无边长队，破坏幸福的人越来越少，我这“精心”研究出来的不幸福的“秘诀”也永远没有市场，没有销路，胎死腹中。

你在哪里晒太阳

这个世界上，除了空气，大概就数阳光对人最公正了，不论你贵为帝王将相，领袖伟人，还是普通平民百姓，都能无偿享用到太阳光的照射。太阳虽不像人那么势利，可是却有多事之人，人为地把你在哪里晒太阳，怎么个晒法，分成三六九等。这就是我看到的一本新书《成功男人在哪里晒太阳》的“高见”。

在夏威夷美丽的海滩上，在加勒比海海滩上，在黑海、地中海海滩上，伴随着高大的棕榈树，品尝着名贵威士忌，身边站着侍者，身上涂满防晒霜，高兴了打几下沙滩排球，这是富人贵人在晒太阳。能在这里晒太阳，自然是成功者的象征，把皮肤晒成古铜色，具有贵族气派。即便不能天天在那里晒太阳，到此一游，点到为止，拍一张在那里晒太阳的照片，回来后也能四下炫耀，让人羡慕不已。

在农家场院，蹲在墙根晒太阳，靠着麦秸垛晒太阳，点起大烟袋，闲扯点家长里短，庄稼收成，叹一阵子家计艰辛，生老病死，几千年来，农民就是这样晒太阳的。在城市街头，打工仔在广告牌下边晒太阳边等待雇主，退休工人坐着小板凳，在洒满阳光的门口下棋聊天。在监狱里，囚犯们焦急地等待着每天的放风时间，好和太阳亲近上个把小时；剥夺他们可以自由晒太阳的时间，也是对他们的一种惩罚。

一个老富翁漫步在夏威夷海滩，沐浴在阳光下，心情很是愉快。可是他看到一个青年渔夫也在懒洋洋地晒太阳，比他还悠闲自在，就大生醋意，不由得想教训他几句：“年轻人，你应该抓紧时间去捕鱼，不怕辛苦，捕更多的鱼，赚更多的钱。”渔夫翻了翻白眼：“为什么要这样？”富翁说：“以后你就可以像我这样在这里晒太阳了。”渔夫洒脱一笑：“我现在不就正在这里晒太阳吗，何必那么辛苦？”把老富翁噎得一句话也说不上来，优越感荡然无存。

古希腊大哲学家第欧根尼赤身裸体住在一个大木桶里，罗马皇帝为了表示关心知识分子，尊重人才，亲自去看他，给他送温暖，问他有什么困难，有什么要求。谁知这小子不识抬举，竟冷冷地对皇帝说：“请你走开，不要挡住我的阳光！”在他心里，只要有阳光普照，他就不比富有四海的皇帝有任何欠缺，甚至比他还自由潇洒。

其实，在哪儿晒太阳都差不多，都是冬天暖洋洋的，夏天火辣辣的，哪里的紫外线都不少。想晒成时髦的古铜色，更没有必要跑到那么远的夏威夷，看看咱们终日劳作的父老乡亲，哪一个不是晒得黑里透红。所以，无须刻意追求在哪里晒太阳，只要心情愉快，自得其乐，坐在自家阳台上晒太阳，蹲在南墙根晒太阳，并不比躺在夏威夷海滩晒太阳差到哪里去。大可不必为了证实自己是个成功人士，是个好男人，就花大把冤枉银子跑到夏威夷晒太阳。当然，也别像那个渔夫，大白天不干活光晒太阳，毕竟太阳不能当饭吃，只有奉献着，努力着，同时也收获着，晒太阳才晒得心安理得。无论如何，千万不能自甘堕落，变成罪犯，只能到大墙里边去晒太阳。

“有意义”与“有意思”

世上的事大致有四种：有意义又有意思的事，没意义又没意思的事，有意义却没意思的事，有意思却没意义的事。前两种没啥好说的，容易取舍明判，比较尴尬而难办的是后两种。

譬如说吧，许多单位每周都有固定的半天业务学习，非常必要。但常因形式单一，内容枯燥，结果成了没意思的事，人们或想办法逃会，或左耳朵进右耳朵出，效果自然大打折扣。

青少年特别喜欢打电子游戏，觉得很有意思。有些孩子对此非常痴迷，可以废寝忘食，旷课逃学。但这种很有意思的事确实没啥意义，若沉溺其中，只能浪费生命。

幸福的人，就是在干着既有意义又有意思的事。漫画家方成今年 97 岁高龄，人问其长寿秘诀，答曰：每天都在干着喜欢而有意义的事。

聪明的人，善于把有意义的事办成有意思的事，把枯燥乏味的事变成兴味盎然的事。学雷锋是很有意义的活动，可有些地方活动形式陈旧呆板，使这一很有意义的事变成没意思的事。最夸张的是，某敬老院在 3 月 5 日一天，就来了近十拨学雷锋的学生，有的老人一天被洗了好几次脚。其实，多动动脑筋，学雷锋活动

完全可以变成很有意思的事。譬如，制作雷锋事迹的动画片，设计学雷锋的游戏软件，谱写具有流行风格的学雷锋歌曲等。就说去敬老院学雷锋，除了为老人洗脚，还可以为老人表演节目，给老人过生日，帮老人按摩，陪老人散步等。形式活了，内容丰富了，自然就变得有意思了，青少年参加的积极性也就高了。

达观的人，能及时地调适自己，把本来没有意思的事变成有意思的事。一般来说，事情有无意义是客观的，不会变的，而对事情的有无意思却是主观的，是可以培养的。沈从文原本写小说，那是他心目中既有意义又有意思的事。可是，后来风云突变，他不得不改行进行古代服饰研究，这虽然是很有意义的事，但对他来说却是很没有意思的事。但他以不服输的犟劲钻进了新的工作，最终成为古代服饰研究专家。

人生常面临选择，如果我们能选择做既有意义又有意思的事，那是求之不得的人生之大幸。倘若没法干既有意义又有意思的事，那也不妨学学沈从文，干一行爱一行、钻一行、精一行，把有意义而“没意思”的事变成“有意思”的事，进而干出名堂和价值。

至于那些“有意思却没意义”的事，如打电子游戏之类，玩玩也无妨，但要适可而止，免得玩物丧志。

7

第七辑

亲吻成功篇

人生成功五层次

大千世界，人人皆望成功，个个忌讳失败，但成功有大小，层次分高低。美国心理学大师马斯洛有著名人生需求五层次说，我也狗尾续貂，不揣浅陋，凑成人生成功五层次说，供大伙茶余饭后一笑。

小镇名医，有救死扶伤之术；乡村名师，有点石成金之功；边城巧匠，有巧夺天工之技，村官乡吏，有造福乡梓之劳；公司白领，有业务骨干之谓。事业小有成就，名闻三乡五里，再加上教育有方，子女成才，理财有道，家境小康，出门有车坐，吃饭有酒肉，衣服多光鲜，邻人皆敬重。于是感觉良好，怡然自得，常以成功人士自居。此乃成功第一层次。

或厂长经理，或高工教授，或部门领导，或演员作家。圈内略有名气，行内小有业绩，富甲一方不敢夸口，养家活口绰绰有余，有房、有车、有权、有存款，房不算豪宅但且够住宽敞，车不靓欠豪华但代步满行，权不大能管一亩三分地，存款有限也应急够用。酒桌上常能听到恭维话，同学聚会也不时小吹几句牛皮，遇小事能做主敢拍胸脯子，有风流者还以养个把小蜜为荣。此乃成功第二层次。

朋友皆处长、厅长，交往尽董事长、总经理；请吃饭有签单权，一掷千金；开公车有司机效劳，油费、维修全包，还都是奔驰宝马；三天两头出国考察，不是领队就是团长。开会是主要工作，常为应酬多而不胜苦恼；出差是家常便饭，国内名山大川遍布足迹。偶尔也给希望工程捐点款，忙里偷闲给红领巾做做报告。还因为位高权重，时常有人送上红包，打来糖衣炮弹，有人凛然拒绝，洁身自好，也有人中弹落马，身败名裂，清者自清，浊者自浊，全看个人修为。此乃成功第三层次。

常坐主席台，一说话就被人说重要指示，或录音，或录像；常到基层视察，一出门就前呼后拥，或部下，或保镖。时常在电视台出头露面，或当特邀嘉宾，或为名人访谈。不时接受记者采访，谈人生感悟，谈成功经验，谈青春寄语，多被后生小子奉为圭臬。成功自然多与财富相伴，豪宅、名车、存款、股票皆不在话下，家中还有名人字画，稀世古董，或与外国政要合影，或世界名家馈赠礼品。此乃成功第四层次。

事业登上顶峰，名声响遍天下，不是代表，便是委员，不是董事长，便是CEO。时被邀请出国访问，各种讲坛舌灿莲花，可支配亿万开支，可决策重大项目，有皇皇文集问世，出口便是名人名言。为文则泰斗大师，如鲁迅、巴金、矛盾、老舍；为伶人则“国际巨星”，如成龙、巩俐、章子怡、李小龙；为商则首富巨贾，如李嘉诚、包玉刚、邵逸夫、霍英东；为官则封疆大吏，保一方平安，兴一片事业，留一世英名。他们虑事常思千秋百代之远，功业每造福万千家乡父老；生即注定青史留名，死则必致万民同哀。此乃成功第五层次，也是最高层次，能企及者凤毛麟角。

人生成功五层次之分，未见科学，更非权威，戏说而已。但一个人不论居何成功层次，是何成功高度，都值得骄傲自豪，都不虚此生，活出了价值，活出了名堂。有意者不妨对号入座，看看自己是何层次，居何高度。

要成功，但不要太成功

要……不要太……是我的生活哲学，可能会有人嘲笑我胸无大志，中庸平和，但我自我感觉很好，也获益匪浅。

要有钱，但不要太有钱。人一定要有钱，没有钱寸步难行，没有钱家无安宁，没有钱遭人白眼，没有钱是万万不能的。我的观点是，钱要够用且略有结余为最好，小富即安并无错。我特别不赞成的是，一说有钱就和比尔·盖茨、李嘉诚们去比，那是自寻苦恼，自我折磨。如果有了太多的钱，即便是不会“一有钱就变坏”，你也根本用不了，只是一堆废纸，弄不好还要被人绑架，飞来横祸。

要成功，但不要太成功。人一定要有事业，要当成功人士，至少小有成就，否则就会觉得虚度年华，人生失败，别人也瞧不起。但不要太成功，因为，想要太成功，就要付出比别人更大的代价，花比别人更多的时间，太辛苦劳累，说不定还会积劳成疾，甚至英年早逝；而且，太成功者还易遭人妒忌，受人暗算，出头椽子的先烂，木秀于林，风必摧之。

要娶靓妻，但不要太靓。娶妻娶色更要娶德，有几分姿色，看着顺眼即可，所谓下得厨房，进得厅堂就行。太漂亮了，百里挑一，国色天香，养不起，管不住，又不放心，戴绿帽子的概率太高，既是经验之谈，也为统计学所证实。因为，美女娇娃，你喜欢别人也喜欢，觊觎的眼光遍布周围，一不留神就后院起火。普希金死于此，武大郎摔在这儿，例子太多，举不胜举。

要精明，但不要太精明。人不精明，会被人算计，因为这个社会陷阱太多，骗子也不少，糊里糊涂的人，被人卖了还替人家数钱，所以，做人要精明。但大事精明，小事糊涂就行，如果太精明了，时时精于算计，处处工于心计，总想占便宜，从来不吃亏，不仅难与人和睦相处，有时候“聪明反被聪明误”，就像《红楼梦》里最精明的王熙凤，“机关算尽太聪明，反误了卿卿性命”。

要清高，但不要太清高。有几分清高，讲一点操守，可以使自己不甘堕落，远离庸俗，不去蝇营狗苟，钻墙打洞，如狗抢骨头似的去争那些身外之物，有别于名利之徒。但是，太清高了，一尘不染，给人不食人间烟火之感，就会“皎皎者易污”；且“水至清则无鱼，人至察则无徒”，阳春白雪，和者必寡，会让人敬而远之，少朋稀友。

要老实，但不要太老实。鲁迅说：老实，常是无用的代名词。我小时候极老实，别人一称赞这孩子真老实，爹妈就在一旁叹气：早晚要受欺负，没用处的货！成年之后，我对自己的要求是，法律面前要老实，科学面前要老实，亲人、朋友、同事面前要老实，该谦让就谦让；但是自己该得到的利益，就要据理力争，受人欺侮不能忍气吞声，不怕撕破脸，敢于硬碰硬。人有点血性和刚强，才能立身于世。

要世故，但不要太世故。懂点人情世故，少些书生意气，有点社会经验，就会对世相人心看得很透，能游刃有余地周旋于形形色色的人之中，免得上当受骗。但如果为人太世故，城府太深，八面玲珑，四处讨好，没有是非心，不讲耻辱感，装聋作哑，明哲保身，那就失之油滑，近乎市侩。一旦被人提起，不是“老油条”，就是“老滑头”，就像唐代那个著名的宰相“苏模棱”，那也实在混得不怎么样。

掌声总在成功后

在竞技场上，冠军跑到终点之后；在演艺剧场，艺人结束了精彩表演；在科研战线，科学家公布了科研成果；在工程领域，大楼盖好，桥梁修成，掌声才骤然响起，鲜花才会献上。而在这之前的刻苦训练，潜心努力，卧薪尝胆，宵衣旰食，一般是不会引人注意的，更不会换来掌声和喝彩。掌声总在成功后，是古今中外一条普遍规律。

因为世人大都是功利的，在没看到你拿出的“真金白银”时，是不会给你掌声的，包括礼节性的掌声，尽管对他们来说这不过是举手之劳。甚至于在你已获得成功，拿出“真家伙”时，他们还会怀疑是不是赝品，迟疑地不肯报以掌声。所以，这个成功后的“后”，可以是分秒计算的瞬间，也可以是年为单位的数载，或者是以百年为单位的若干世纪。

2012 年伦敦奥运会上，我国运动员司天峰勇夺男子 50 公里竞走铜牌，创造了历史，赢得掌声雷动。然而为了这一刻的到来，他整整苦练了 16 年，每天坚持走 30 公里。成功后的掌声，告慰了此前他为此付出的一切努力，回报了他在训练中流下的成吨汗水。

被评为“新世纪巾帼发明家”的军校教授马秋禾，20 年后才赢来了掌声。20 年里，她带领课题组艰苦攻关，夜以继日，成功研制具有自主版权的数字测图系统以及系列重大成果，引发了军事测绘摄影测量成图领域革命，推进了我军摄影测量数字化、智能化和一体化进程，引领了摄影测量成图由模拟向数字的时代跨越。她自己也获得国家技术发明二等奖 2 项、国家发明专利授权 4 项、军队科技进步奖一等奖 3 项，并荣立二等功 2 次。

2011 年 9 月 23 日，81 岁高龄的屠呦呦面带笑容地站上了美国纽约拉斯克医学奖的领奖台，她用双手捧起了沉甸甸的奖杯，这是中国科学家首次获得这一国际医学大奖，拉斯克基金会将临床医学研究奖颁给屠呦呦，以表彰其对治疗疟疾药物——青蒿素的研究贡献。而这一刻，距离她当年试验成功已过去了 40 年。1971 年，屠呦呦的试验即获得成功，并在后来投入生产，推向世界，几十年来，这种被称为“东方神药”的药物每年都在挽救全世界无数人的生命，可谓功德无量。可由于种种原因，屠呦呦的成就 40 年后才得到国内外的普遍承认，拿到仅次于诺贝尔奖的美国纽约拉斯克医学奖。

掌声总在成功后，既然是无法改变的规律，那么，我们能做的事，就是耐得住寂寞，顶住清贫，积蓄能量，积累成果，在自己喜爱的事业上辛勤耕耘。不要过分奢望成功后的掌声，幻想人们的拥戴和赞扬，那会分心、误事、劳神，影响奋斗的脚步。而且，还要有成功后也没听到掌声的思想准备，因为人们对我们工作的认可和肯定是有个过程的，毕竟我们干事业是因为真心喜爱，是因其有价值，并非为了那成功后或长或短、或大或小的掌声，掌声无非是事业成功的附属品。

人们都羡慕别人成功后获得的掌声，头顶的光环，但少有人去关注他们在成功前所付出的艰辛和代价。天道酬勤，无论何时，无论是谁，都不可能随随便便成功，没有倾情的投入，没有过人的付出，没有呕心沥血的精神，以命相搏的决心，就无法得到命运女神的青睐，打不开成功之门，自然也换不来“经久不息的雷鸣般的掌声”。

“掌声响起来，我心更明白”，掌声为生命添彩，掌声为成功做证，我们期盼掌声，但不为掌声而活着。

成功就是跟对人

这世界上，有人是叱咤风云的帅才，有人是冲锋陷阵的将才；有人天生是领头的，有人注定是跟班的。将才要施展拳脚，就要跟对帅才，才能大显身手，建功立业，“赢得生前身后名”；跟班的要想要有出头之日，也要跟对领头人，方可力不白出，汗不白流，熬他一个“春风得意马蹄疾”。

《西游记》中的八戒、沙僧，智商、情商都极为普通，武艺、本事更是稀松平常，但他们跟对了师傅唐僧，虽历尽艰辛，九死一生，但最后都修成正果，一个成了净坛使者，一个被封罗汉菩萨。试想，假如他们没跟随唐僧，就可能在高老庄或流沙河埋没一生，当个剪径土匪、吃人妖精。他们的成功经历充分说明，跟对人才有前途。

小说毕竟是虚构，不妨再看看现实。当初马云、史玉柱、李彦宏、柳传志打江山时，钱不多，势不大，名不显，却有一批死心塌地的“跟班”，一心一意为他们打工，风雨同舟、患难与共，不离不弃，尝尽了创业的酸甜苦辣。今天，这些老板个个名列富豪榜，当初的打工仔也都成了开山元老、赫赫功臣，不仅有了令人惊羡的社会地位，而且个个都成了身价千万的富翁！他们的成

功足迹再次证实：跟对人才有奔头。

反之，如果跟错了人，明珠暗投，误入歧途，任你有天大本事，盖世才华，也难免以悲剧而告终。谋略家文种，为勾践立下赫赫功劳，可惜他跟的主子“可共患难，不能共富贵”，赐给文种宝剑说：“你有9条谋略，我只用3条便打败了吴国，你用这剩下6条去地下为寡人的先王效劳吧！”于是文种被迫自杀，留下了“兔死狗烹，鸟尽弓藏”的千古哀鸣。跟错人的队伍里，还有跟错了“奸雄”曹操被杀的旷世才子杨修，跟错了永王李璘而被流放夜郎的天才诗人李白，跟错刘邦被诛灭九族的大将韩信，跟错希特勒而臭名远扬的哲学家海德格尔，跟错蒋介石而走投无路的文胆陈布雷……

可见，跟对人，可以少走弯路，节省时间，距成功的目标最近；跟对人，可以少花许多气力，收事半功倍之效，至少不会白费气力；跟对人，上升时有人提携，摔倒时有人搀扶，成功时有人鼓掌；跟对人，有过失他会与你分担，有成就他会与你分享，遇到不测他会竭力保护你。跟对人，是你的福气，理当珍惜，计之长远，切勿轻易见异思迁。

也有人瞧不起跟人的人，以为最好自己独树一帜，不依不靠，顶天立地，凭个人本事打江山，这固然高明可钦，但在实际上却障碍重重，很难实施，特别是那些初出茅庐者，立足未稳，一穷二白，你不跟这个，就得跟那个。既然一定要跟人，那就要选准人，正确的眼光是跟对人的前提。那些胸怀大志、才华超众、意志顽强，有领袖气质、大哥襟怀，能荣辱与共的人，跟着他干没错，早晚会闯出一片天下，你也会跟着一荣俱荣。而那些刻薄寡恩、心术不端、嫉贤妒能、刚愎自用的人，即使本事再大，资本再厚，位置再高，名声再响，也不要去跟，弄不好他就是勾践、刘邦一类，过河拆桥，卸磨杀驴，是他们常用的招数。

跟对人，广义理解，也包括跟对有真才实学且责任心强的导师，23 位“两弹元勋”就有 13 位出自叶企孙门下；跟对经验丰富、执教有方的教练，刘翔的大放异彩就与他的教练孙海平付出的心血息息相关；甚至包括跟对有爱心、有前途、有担当的老公，君不闻“男怕进错行，女怕嫁错郎”。当然，“王侯将相宁有种乎”，等你羽翼丰满，条件成熟时，自立门户，当家做主，也是不错的选择，那又另当别论。

跟对人，靠眼光，好风送我上青云；会跟人，有艺术，大树底下好乘凉。

成功，便是大胆举手

一天，河北张家口一个偏远的小山村开进一辆汽车，全村人几乎都围了上来。车上走下一个穿黑皮夹克的中年男子问大家：“你们谁想演电影？请举手！”一连问了几遍，没一个村民敢吱声。

这时，一个十六七岁的女孩鼓足勇气举手说：“我想演。”她长得不漂亮，身材也不好，厚嘴唇，黑红脸蛋，还有雀斑，是个典型的山里孩子。

“你会唱歌吗？”中年男子问。“会。”女孩子开口就唱：“我们的祖国是花园，花园的花朵真鲜艳……”

村里人大笑。因为她的歌唱得实在不怎么好听，跑调，沙哑，唱到一半还忘了词。没想到，中年男子却用手一指：“好，就是你了！”

这个大胆的女孩叫魏敏芝。她幸运地被大导演张艺谋选中，在电影《一个都不能少》中出任主角，名字传遍大江南北，后来读大学，出国深造，当导演，跻身名流。一次大胆举手，改变了她的人生轨迹，打开了成功之门。

人生就是这样，关键时刻敢于大胆举手，挺身而出，就抓住了机遇，占领了先机，构建了一显身手的平台，赢得了施展才华的机会。

大胆举手就抓住了机遇，拔得头筹。机遇是成功的最重要条件，但机遇稀少且稍纵即逝，那些成功者无一不是敢于大胆举手，主动去抓住机遇，从而实现自己的人生腾飞。战国时，秦军大举进犯赵国，形势万分危急。平原君赵胜，奉命去楚国求兵解围，欲挑选20个门客一起去。经过挑选，最后还缺一个人。毛遂大胆举手，自我推荐说："我去！"到了楚国，平原君跟楚王谈了一上午没有结果。毛遂挺身而出，陈述利害，滔滔不绝，分析形势，入情入理，终于打动楚王，派兵去救赵国。毛遂的大胆举手，抓住了千载难逢的历史机遇，不仅挽救了国家命运，自己也从一个默默无闻的普通门客成了妇孺皆知的千古名人，还给我们留下一个著名成语：毛遂自荐。

大胆举手就构建了一显身手的平台，可长袖善舞。世界上有大志的人很多，有本事的人也不少，但往往苦于没有施展才华的平台，结果多是壮志难酬，徒叹奈何。而平台不会从天上掉下来，要靠自己争取，关键时刻的大胆举手，就是为自己创造平台。铁人王进喜有句名言："有条件要上，没有条件创造条件也要上。"说的就是这个道理。晚清时，在英、俄的支持下，阿古柏匪帮在新疆闹独立，朝廷决定出兵平叛，谁去挂帅？众将领还在犹豫，左宗棠即大胆举手：我去！于是，万里远征，抬棺行军，历经一年多的艰苦奋战，克服重重困难，终于荡平阿古柏匪帮，收复新疆。因为有了平台，也因为大智大勇，左宗棠成了清王朝对收复国土贡献最大的将领。

大胆举手，最需要的是勇气和胆识。我在大学教书多年，自己虽一事无成，但还真教出过几个出类拔萃的人物，有将军，有院士，有成功企业家，他们在校学习期间就给我留下深刻印象。其共同特点之一，就是课堂讨论发言时敢大胆举手，讲得不一定多好，但敢于站起来，在大家面前亮相，勇气过人。而那些唯唯诺诺，前怕狼后怕虎的学生，后来也大多确实成绩平平，庸庸碌碌。因为，在怕这怕那的犹豫彷徨中，机遇会离你而去，成功会离你而行。所以，在机遇和选择面前，我们都要牢记马克思那句名言："在真理的入口处，如同地狱的入口处一样，这里必须根除一切犹豫，这里任何怯懦都无济于事。"其实，大胆举手有什么好怕的，无非是怕别人见笑，怕万一失败后没面子，怕担风险，怕自己干不了。于是，就像那些当初笑话魏敏芝的村里人，就剩下了"羡慕嫉妒恨"。

从某种意义上来说，成功，便是大胆举手。

成功没有捷径

2011年6月13日，达拉斯小牛队4:2击败了迈阿密热火队，夺得了美国NBA总决赛冠军。克里夫兰骑士队的老板吉尔伯特，第一时间就在自己的推特上对达拉斯小牛队表示了祝贺："祝贺你们，小牛从没有停止脚步，现在整个球队获得了冠军戒指。也给大家上了一节课：成功没有捷径。"

"成功没有捷径"，明眼人一看便知，这既是给小牛队历久弥坚、屡败屡战的肯定，也是对小皇帝詹姆斯选择离开骑士加盟热火队投机取巧行为的嘲讽。其中恩恩怨怨、是是非非一言难尽，但他确实道出了一个放之四海而皆准的真理：成功没有捷径。

"成功没有捷径"，每天都有大量的事实在证明这一判断，小牛队NBA登顶如此，李娜法网夺冠也是如此。网球名将李娜近来红遍天下，大家都看到了她夺冠后的荣耀，看到了她丰硕的奖金，但很少有人关注她一路走来的艰辛。她6岁即开始练习网球，其间吃了多少苦，流了多少汗，付出多少努力，只有她自己才知道。经过23年的不懈奋斗，她一步一个脚印，不偷懒、不懈怠、不耍滑、不放弃，终于收获了自己的第一个大满贯的桂冠。

搞竞技体育没捷径可走，从事其他行业同样没有捷径可走。司马迁写《史记》，忍辱负重，含辛茹苦；李时珍著《本草纲目》，历经艰险，踏遍青山；梅兰芳钻研京剧表演艺术，殚精竭虑，苦心孤诣；钱学森、邓稼先研制两弹一星，呕心沥血，鞠躬尽瘁；袁隆平搞杂交水稻，踏踏实实，兢兢业业，他们都始终尊重科学，遵循规律，以满腔心血与热情去干事业，不屑于偷工减料，摒弃投机取巧，虽从没走过什么捷径，但都取得了事业的辉煌，收获了人生的硕果。

然而，世界上也总有人相信有捷径，想走捷径，想事半功倍，其实说到底就是想投机取巧。搞竞技体育的，不肯冬练三九、夏练三伏，走服用兴奋剂的捷径；为官从政的，不愿敬业爱岗，踏实工作，走行贿买官的捷径；从事科学研究的，不想当科学苦工，走抄袭、造假的捷径；搞工商制造业的，看不上薄利多销的笨办法，走坑蒙拐骗的捷径，他们或许会一时侥幸骗取了名利地位，但早晚会东窗事发的，届时，真相大白，水落石出，那些走捷径者必将身败名裂，千夫所指，一失足成千古恨。

两年前，诺贝尔奖物理学奖得主杨振宁曾为重庆八中题写四个大字："宁拙毋巧。"他说："我今天之所以写这几个字，就是希望从你们年轻一代开始，学会诚实。投机取巧是没有前途的，做学问必须诚实，脚踏实地的，才会成功。"反思起来，为什么我们国内目前还没有人获取诺贝尔科学奖，其中一个重要原因就是，一些科研人员不肯卧薪尝胆，没有"板凳要坐十年冷"的思想准备和坚韧精神，不论是搞科研、做课题、写论文，都想走捷径，搞短平快，避难就易，一味讨巧，个别人甚至不惜抄袭、剽窃，以这样的精神状态来搞科研，恰恰违背了实事求是的科学精神，违背了事物量变到质变的发展规律，不可能有什么像样成果，只会与成功渐行渐远。

当然，成功的捷径也并非绝对没有，如果真有所谓"捷径"，那就是掌握规律，讲究方法，少走弯路，少犯错误，而其中必要的过程、环节、步骤，则是一步也不能省，否则可能搞出来的就是"瓜菜代"，是假冒伪劣。从这个意义来说，马克思的那句千古名言永远不会过时："在科学上没有平坦的大道，只有不畏劳苦沿着陡峭山路攀登的人，才有希望达到光辉的顶点。"

成功公式

大千世界，芸芸众生，无人不渴望事业成功，人生辉煌，但事实上真正成功的人始终是少数。细细翻阅成功者的人生履历，检验其奋斗足迹，他们的成功都不是偶然的，都有着自己悟出来并积极身体力行的成功公式。

世界上最伟大的物理学家爱因斯坦，在《自述片断》中写到：我的成功公式是：$A = X + Y + Z$。A代表成功，X代表艰苦的工作，Y代表休息，Z代表少说废话。许多人都对爱因斯坦与众不同的天才大脑感兴趣，而他自己却不以为然，他最引以为豪的是几十年如一日的"艰苦的工作"。

有史以来最大数量畅销书《哈利·波特》的作者、英国最富有的女性罗琳，在谈到自己的成功秘诀时，归纳为这样一个简单公式：想法+坚持=成功。她解释说："想法是成功的种子，一个简单的想法有时能创造出一个成功的神话。但是，一个人要想成功，光有想法是不够的，还要将自己的想法付之于行动，并为之坚持不懈。从这个公式上看，成功其实很简单，起源于一个想法而已！但是成功也很难，因为你要为这个想法付出很大精力甚至自己的一生！"

20世纪最伟大的成功学大师、美国著名的企业家、教育家和演讲口才艺术家卡耐基，被誉为“成人教育之父”。他的成功公式是：努力＋抱负＋坚忍＋判断＝成功。他又具体解释说，烹调“成功”的秘方，是把“抱负”放到“努力”的锅中，用“坚忍”的小火炖熟，再加上“判断”做调味料。

著名文学家、语言学家、教育家季羡林，回顾人生经验，提出这样一个成功公式：勤奋＋天资＋机遇＝成功。他对这三个条件进行了这样的分析，天资是由“天”来决定的，我们无能为力；机遇是不期而来的，我们也无能为力；只有勤奋一项完全是自己决定的，我们必须在这一项上狠下功夫。

“疯狂英语”的创始人李阳这样总结成功的秘诀：凡事比别人多一点点！多一点努力，多一点自律，多一点实践，多一点疯狂……多一点点就能创造奇迹！于是就得到这样一个关于成功的公式：多一点努力＋多一点自律＋多一点实践＋多一点疯狂＝成功。在李阳的成功公式中，最为强调的是多一点努力。

日本著名跨国公司“松下电器”的创始人，被人称为“经营之神”的松下幸之助，其成功公式是：正确的策略方向＋合理的执行系统＋完美的细节把控＝成功。正是这一成功公式，帮助“松下电器”从小到大，迅速占领市场，成为世界电器第一品牌。

著名作家二月河的成功公式是：才气＋力气＋运气＝成功。他说：“我没多少才气，但运气还算不错，我写小说基本上是个力气活，不信你试试，一天写上十几个小时，一写20年，怎么着也得弄点东西出来。”说没才气，那显然是他自谦，说运气好，也不为过，说舍得下力气，则最恰如其分。

这些成功者来自各行各业，有科学家、企业家、学者、作家，其成功公式各有千秋，但也有共同点，出现最多的字眼就是努力、坚持、天赋、机遇，如果把多个成功公式合并同类项，归纳出一个比较全面而又普遍适用的成功公式，那就是：正确目标＋合适方法+艰苦努力+起码天赋+必要机遇=成功。

天赋是稀缺资源，永远不会太多；机遇则可遇而不可求，所以要常说一句话“谋事在人，成事在天”；唯有努力最靠得住，取之不尽用之不竭。一个人如果天赋、机遇、努力俱全，那就等于抽到上上签，不想成功都不行。如果只剩下努力了，那也千万别泄气，只要坚忍、韧长，持之以恒，天赋和机遇会慢慢长出来，成功女神也会来眷顾你的。

成功早晚都可喜

早起的鸟儿有虫吃，一早三光，一晚三慌，这些老话都是有道理的。因而青年人急于成功，心情可以理解，但还要从实际出发，不能违背规律，那样会欲速则不达，弄巧成拙。近日，《中国青年报》的一项调查显示，93.3% 的受访者感觉当下青年急于成功的心理较为普遍。受访者中，“70 后”占 35.0%，“80 后”占 47.5%。而对于成功的标准，排在第一位的是“实现自我价值”(76.2%)。

“急于成功”急到什么程度？网上流传一句话很有代表性：“到30 岁还不成功，你就没希望了！”在那些“成功焦虑症”者眼里，干什么都要趁早，恋爱结婚要趁早，一不留神就成了“剩男”“剩女”；金榜题名要趁早，“若梁灏，八十二。对大庭，魁多士”，早已了无生趣，没有实际意义；著书立说要趁早，国学大师黄侃，立志 50 岁再著书，结果 49 岁便驾鹤西去，可惜了满肚子学问；建功立业要趁早，甘罗 12 岁当宰相，霍去病 17 岁立功封侯，王勃“二十文章惊海内”，千古留名，可羡可佩。

不过，凡事过犹不及，太急于成功，可能会适得其反。毕竟，成功需要积累，需要经验，需要耐心等待，需要水滴石穿，那些一鸣惊人、一夜成名、一举暴富、一步登天之类成功，不能说绝对没有，但肯定是小概率的个例。而在“成功焦虑症”驱使下的成功，则往往是伪成功、假成功、夹生的成功，这类事例举不胜举，教训沉痛。有鉴于此，我理解青年人急于成功的心理，但更想给他们一点过来人的忠告：年轻得志固然可羡，大器晚成也足以自慰；成功早有早的好处，成功晚有晚的意义。既然大家都在众口一词地推崇早成功的好处，那我就想唱个反调，说说早成功的弊端。

成功太早，易骄傲自满，故步自封，在鲜花美酒中陶醉，在掌声恭维中沉迷；成功太早，没经历长期奋斗的艰辛，没遇到失败的打击，不知道人生多艰，江湖险恶，或可凭聪明小有得意，借东风偶有建树，但终难成大器；成功太早，只顾得埋头向目标猛冲，心无旁骛，聚精会神，还没来得及欣赏路边的风景，就稀里糊涂地冲到了终点，路上经过了哪座名山，哪个古刹，都毫无印象，实在是可惜；成功太早，容易早早就失去继续奋斗的目标和前进动力，失去拼搏激情和顽强斗志，后半生往往会无所作为，不求进取，虚度年华。

当然，如果少年得志后能戒骄戒躁，继续前进，不断创新，再展宏图，那是再好不过的，毕竟人生苦短，转眼百年，像姜子牙那样“七十而相周，九十而封齐”，也未免太晚了一些。但是，有人的成功之路很顺利，要风得风，要雨得雨，年纪轻轻就建功立业，令人羡慕。有人的成功之路就很坎坷，一路磕磕碰碰，踉踉跄跄，历尽艰难，人到中年或进入老境，才成大业。譬如“杂交水稻之父”袁隆平，“中国肝胆外科之父”吴孟超，他们是越老越红，已是耄耋之年了，还在老骥伏枥，不断给我们带来成功的惊喜，尤其是吴孟超，以 89 岁高龄成为 2011 年度感动中国人物。总之，人与人不一样，成功早晚也不是自己能随意控制的，不论早晚，只要成功都可喜可贺。

成功早晚不必强求，随遇随缘最佳，如当不成少年得志的王勃、甘罗、周公瑾，做一个大器晚成的庾信、姜尚、蒲松龄也挺好。

成功是幸福之母

美国华裔“虎妈”蔡美儿出名后，毁誉参半，赞赏她的人说她培养了两个成功的孩子，将来肯定前途无量；批评她的人说她的严厉管教耽误了女儿童年的幸福，而幸福是无价的。虎妈很无奈地在新书《虎妈战歌》里说：“在我面前有两个按钮，一个是幸福，一个是成功，只能按其中一个，我也没办法，既然不能两全其美，那就两利相权取其重吧。”

我赞成虎妈的观点，首先，成功可以带来幸福。成功不易，需要奋斗和付出，这是一个艰辛过程，谁都不会例外。但成功从来都不是孤单的，可以带来许多附属品，成功越大，附属品就越多，成功可以带来金钱和物质享受，带来社会的尊重和认可，带来更大自由空间。再具体来说，成功可以带来地位、名声、官职、头衔，可以带来别墅、豪车、巨款、衣食无忧的生活，所谓世俗的幸福，无非也就是这些内容吧。不妨看看世界上那些著名的成功人士，比尔·盖茨、巴菲特、李嘉诚、乔丹、罗琳、姚明、菲尔普斯、袁隆平、俞敏洪、范曾、成龙、刘德华、李娜，虽职业有别，国度不同，但都生活在无比幸福之中，名声如雷贯耳，财富应有尽有，朋友遍及天下，让我们羡慕不已，心向往之。因此说一句“成功是幸福之母”，估计不会有人抬杠吧。

其次，幸福却无论如何带不来成功。幸福有很多种，譬如丰衣足食，天伦之乐，甜蜜爱情，无忧无虑，游山玩水，纵情娱乐，自由自在等，这些幸福都很可贵，你固可以尽情享用，但肯定不会成功。君不见，那些小时候太幸福的孩子，长大后往往成了败家子；那些家境过于优越、饱食终日的人，多是一无所成，庸庸碌碌；那些锦衣玉食、养尊处优的富二代、官二代，最后多半会沦为“垮二代”，所以民间就有“富不过三代”的说法。

当然，事业成功本身就是幸福的最重要内容之一，成就感带来的幸福是含金量最高的幸福。仔细观察那些成功者，无不信心百倍，精神饱满，因为对他们来说，干自己喜欢的事业就是幸福。李政道在实验室里一待就是几个星期，乐此不疲；菲尔普斯每天泡在游泳池里十多个小时，甘之如饴；袁隆平年过八旬还在稻田里奔波耕耘，不知老之将至，在他们眼里，工作是美好的，有所作为是人生最高境界，所以，别看他们无暇游玩，难得度假，其实，他们的幸福指数是最高的。

而没有以成功为基础的幸福，就好比无根的浮萍，沙滩上的大楼，是靠不住的。你想幸福吗，就先去争取成功吧，只要把成功攥在手里，幸福的到来就像水到渠成那样自然而然，有了艰苦奋斗的今天，才会有大获成功的明天，幸福无比的后天。就说虎妈的两个“饱经磨难”的女儿吧，如今音乐才华崭露头角，学习成绩名列前茅，常春藤名校争相录取，她们正大步走上成功的坦途，幸福已在远方向她们招手。

人生在世，经常需要抉择，害选其轻，利选之重，是定夺的最基本原则。因而，如果有朝一日在我们面前也有幸福与成功两个按钮，而且必须二选其一，请不要犹豫，果断地按住成功按钮不放。然后你会惊喜地发现，成功的根是苦的，花却是香的，果更是甜的，届时前来迎接成功的，不仅是鲜花掌声，而且将会是幸福指数里包含的全班人马。

从王立群的“四行”说起

《百家讲坛》主讲人、河南大学教授王立群在一次访谈中提到自己坎坷的人生经历：“被打下去，挣扎着起来，再被打下去，再挣扎着起来，最后取得成功。”他总结说：人一生想要做成点事情，必须要有“四行”：第一，自己要“行”；第二，要有人说你“行”；第三，说你“行”的人得“行”；第四，你的身体得“行”。自己说自己“行”是不行的，还要说你“行”的人得“行”。

实事求是地说，王教授这“四行”只是实用的经验之谈，并非理想的用人机制，但现实生活中确实就是这么回事，王立群本人就是这“四行”的最好标本，首先，是他自己行。博闻强识，能言善辩，又是历史专家，大学教授；其次，《百家讲坛》的人说他行，而《百家讲坛》的编导不仅都是文史方面的内行，而且大权在握，说话管用。最后，王立群虽然已近花甲之年，但老当益壮，身体也行，能轻松胜任主讲工作。所以，水到渠成，占得天时地利人和的他就一举成名，红遍天下。

张艺谋也是“四行”的活样本。没上大学前，他就是工厂里有名的能人，摄影、绘画、演出、木匠活，干啥啥行，号称小才子，身体也好得很。可他考大学时因超龄而被拒门外。他就写信给高层领导，幸亏碰到一个说他行自己也很行的人，才被破格录取。如

果不是这个领导爱才心切，不拘一格，真险些耽误了一个大导演。

这“四行”放在古人那里也是如此。韩信自己很行，有经天纬地的本事，身体也行，棒小伙一个，可在楚营时，因为没人说他行，也只好干个扛戟站岗的大兵。跳槽到了汉营，丞相萧何慧眼识珠说他行，萧何本人也很行，是总管家，大功臣，刘邦的第一亲信，德高望重，一言九鼎，于是，韩信就因此出将入相，大显身手，建立不世之功。

这“四行”里，自己行是关键，若没这一条，说别的都是白搭；有人说你行是必要条件，说你行的人得行也是万万不可少的；身体行则是物质基础，缺一不可。细究起来，有人说你行这一条，可遇而不可求，说你行的人自己也得行，更是我们无法控制的。所以，古人说“千里马常有而伯乐不常有”，就因为没人说行，不知多少人才被埋没。“四行”里自己真正能做主的，一是争取自己能力要行，二是保证身体能行。

现实生活中，我们也见着不少自己根本不行，但因为说他“行”的人很“行”而飞黄腾达的人，原因就是他们与那些位置高、权力大因而很行的人或沾亲带故，或善于伪装获取信任，或长于拉关系找靠山，所以近水楼台先得月，得到提拔重用。结果，就出现了“说你行你就行，不行也行；说你不行就不行，行也不行”的怪现象。环顾左右，那些能力不大、架子不小、水平不高、官位不低的人，大都是这样上来的。他们空食国家俸禄，辜负人民期望，官再大也没有价值。

退一步说，只要自己行，有真才实学，有一技之长，有过人之处，即便没人说你行，即便说你行的人不行，你也绝不会一事无成，碌碌无为。蒲松龄屡试不第，没人说行，因而发愤著书，成了伟大的文学家；袁隆平试验杂交水稻，当初没人说行，最后他却成了闻名中外的杂交水稻之父，这样的事情不胜枚举。行也罢，不行也罢，我们还是记住但丁的话：走自己的路，让别人说去吧！

争功·贪功·让功

世人皆有功利之心，建功立业是很多人的追求。古人就把“立德、立言、立功”作为人生终极成功标志，为此汉宣帝设麒麟阁，供奉十一位功臣，汉光武帝设云台阁，纪念云台二十八将，唐太宗设凌烟阁，表彰二十四位功臣。功劳面前，有争功、抢功、贪功、冒功的，可见世相百态；也有让功、辞功的，可见风节人心。

争功。你觉得你功劳大，我觉得我功劳更大。所以，苦战奋斗时，大伙团结一致；到了论功行赏时，就会矛盾四起。刘邦平定天下后，将领纷纷争功，甚至有人拔刀相向。幸亏刘邦心里有数，评定萧何、韩信、张良为三大功臣，平息了争功风波。三国末期，却闹出了争功悲剧。司马昭遣钟会、邓艾两员大将分路伐蜀。钟会取了汉中；邓艾偷渡阴平，取了成都。灭蜀后，钟、邓争功，姜维用离间计，结果钟、邓两败俱伤，又相继被杀。这就是著名的“二士争功”。

贪功。把别人的功劳据为己有，人家辛辛苦苦地种树浇水，他心安理得去摘桃子；人家九死一生甘冒锋镝打天下，他觍着脸去领勋章，这就叫贪天之功为己有。平定东吴时，大将王濬冲锋陷阵，捕获吴王，功劳第一。可是皇帝的亲家王浑却出来抢功，他是当朝驸马的亲爹，又有一帮大臣拍他的马屁，最后竟然成了一号功臣。不过，世人都知道真相，唐朝诗人刘禹锡在《西塞山怀古》中明明白白地说：“王濬楼船下益州，金陵王气黯然收。千寻铁锁沉江底，一片降幡出石头。”贪功的人，过去有，现在有，将来也少不了。如今，大学里的一些博导，常恬不知耻地把研究生的成果装进自己的口袋，学生们敢怒不敢言。还有一些科研部门的头头脑脑，把部下的科研成果当成自己的，这就叫科研腐败或曰学术腐败。不过，贪功有时也会弄巧成拙。我认识一个博导，常在学生论文上署名。有一次，学生的论文涉嫌抄袭，虽然他后来辩称自己没写一个字，但学术委员会不管这些，署了名就要负责任，结果被撤销博导资格，给予记过处分。

让功。或为大局出发，或考虑团结因素，明明是自己立下的功劳，却要让给他人，这是很需要点儿胸怀和气度的。东汉名将冯异，帮助光武帝平定天下。但到论功行赏时，其他人拥到皇帝面前表功、争功，他却远远地站在一棵大树下，后人尊称他为“大树将军”。晚清名将胡林翼，主政湖北时，为避免同僚官文掣肘，常在给皇帝的战报上，把并无尺寸之功的官文挂名，保证了军政一把手的团结。辛亥革命后，孙中山把大总统让给袁世凯，其实也就是让推翻帝制之功，惜乎老袁贪心不足，最终成了窃国大盗。还有粟裕将军，能征善战，却两让司令职务，一让元帅军衔，传为历史美谈。他们都有功成不必在我的开阔胸怀，有只问耕耘不问收获的豁达心态，都是大写的人。

成功者的“鸡汤”没大用

无论古今中外，成功者都以为自己手握真理，特别爱煲“心灵鸡汤”。

不过，成功者的心灵鸡汤，即他们的经验体会、成功诀窍、人生感悟、励志名言，却未必对我们每个人都有用。毕竟，世上没有两片完全相同的树叶；心灵鸡汤对于不同个体可能将变得淡如白水。

华人首富李嘉诚是煲心灵鸡汤的大户与高手，记录他励志名言与成功经历的书有多种版本，且一直都很畅销。这些名言都好理解，做起来也未必有多难，有信心、敢拼搏、能敬业、善惜时的人数不胜数，可是到目前为止，在财富塔尖上长袖善舞的也还只有一个李嘉诚。白手起家的俞敏洪，把“新东方”做得风生水起、中外闻名，创造了商界、学界的奇迹。他在电视节目里、博客里、报刊人物专访里、个人传记里……盛煲心灵鸡汤。听过俞敏洪演讲的人数以万计，看过他的励志书的人会更多，但尚无人复制过他的辉煌。

创建阿里巴巴集团的马云，也是励志名言满天飞，心灵鸡汤遍地是。如“看见 10 只兔子，你只能抓 1 只，抓多了，什么都会丢掉”“发令枪一响，你没时间看你的对手是怎么跑的。只有明天是我们的竞争对手”“如果早起的那只鸟没有吃到虫子，那就会被别的鸟吃掉”。

但马云又说：“当你成功时，你说的所有话都是真理。”除了成功的企业家，还有成功的政治家、艺术家、科学家、学问家，他们的心灵鸡汤，虽风格不同，语言各异，但其精神内核几乎一致：志向远大，坚持不懈，善抓机遇，方向正确，方法得当。这些话看似简单，做起来不易，即使为之付出终生努力也不一定奏效，因而，能坚持践行的寥寥无几。

是故，依我管见，名人的心灵鸡汤能养人，也能误人；说其全没用，不是事实，说其有大用，也不合实际。如果相信它是十全大补汤，喝了就一定能成功，成为第二个李嘉诚、俞敏洪、马云，那就会误人；如果不迷信它，随意读读，受点启发，像萝卜、白菜一样吃下，则能养人。

另外，人生固然渴望成功，但成功不是唯一目标。只要我们活得愉快、幸福、有价值，未必一定要把自己绑在成功的战车上，让未见有用的心灵鸡汤把我们灌得胃满肚胀。

机遇爱走“偏门”

许多成功者在谈到成功经验时，都会说到天赋、努力、机遇三个要素。天赋是明摆在那儿的，有就是有，没有就是没有；努力是大家看着的，天道酬勤，付出多少就会收获多少；唯独这机遇，随意不定，吊诡偶然，不按常理出牌，不从正门进出，你正打瞌睡，它会从天而降，你一不留神，它会踪迹皆无。所以，若想抓住机遇，不能光盯正门，还要时不时看着偏门，说不定它就在那里向你招手呢。

近来，在美国 NBA 球场上，华裔球员林书豪成为媒体关注的焦点，他连续多场超水平发挥，带领球队夺得连胜，被破格选进全明星新秀赛。评论员和众多球星、教练都不吝用最美好的语言来赞扬他，就连美国总统奥巴马也说“林书豪是一个伟大故事”。林书豪为何一飞冲天？关键是他抓住了从偏门来的机遇。一周前，他还是一个可有可无的球场“临时工”，这时候，千载难逢的机会来了：球队两个顶梁柱同时受伤，捉襟见肘的主教练万般无奈，只好派原来随时都会被球队裁掉的林书豪上去顶几分钟，好让主力队员下来喘口气。林书豪上场后，没有浪费一分钟，很快就大显身手，得分、助攻、抢断、篮板，无所不能，让观众和主教练都看傻眼了，就是这一场球，让林书豪大放异彩。不仅率领球队反败为胜，而且自己也从一名默默无闻的边缘球员，一下子成为队里的主力和先发，创造了“林书豪奇迹”。

郎朗是风头正劲的著名钢琴家，他的机遇也是从偏门进来的。1999 年，17 岁的郎朗虽已苦练多年，还是默默无闻。这时，机遇来了。在芝加哥音乐节明星演奏会上，著名钢琴家安德鲁·瓦兹突然身体不适，随团的郎朗被紧急代替演奏，与芝加哥交响乐团合作演奏柴科夫斯基《第一钢琴协奏曲》，由著名指挥大师埃森巴赫指挥。当最后一个音符演奏完毕，听众全体起立欢呼，如雷般的掌声经久不息。这场成功的临时替代演出，被美国媒体极度赞赏，赞扬“郎朗是世界上最伟大、最令人激动的钢琴天才”。从此，郎朗脱颖而出，一跃而跻身著名钢琴家行列，成为受聘于世界顶级的柏林爱乐乐团和美国五大交响乐团的第一位中国钢琴家。被《人物》杂志称为“将改变世界的 20 名青年”之一。

长期以来，人们一直在追问，世界上第一个航天人为什么会选中加加林？官方的回答是：“因为他具备了坚定的爱国精神、对飞行成功的坚定信念、优秀的体质、乐观主义精神、随机应变的智能、勤奋好学的态度。”这种回答毫无特点，因为当时 20 多个参训的航天员，无一不具备这些最基本的素质。直到多年后，首批航天员队的领导卡尔诺夫透露，加加林其实原来是当年的候补选手，基本上没有上天希望，世界首位宇航员本来安排的是一号邦达连科。可就在即将升空前的几天，邦达连科在充满纯氧的船舱训练结束时，随手将擦拭传感器的酒精棉扔到一块电极板上，船舱顿时引发大火，邦达连科被烧伤后不治身亡。有关方面马上召开紧急会议，研究新的上天人选，于是，更细心、更认真的加加林成为首选。一直耐心等待，积极准备的加加林，终于抓住了从偏门进来的机遇，大显身手，成为永载史册的世界第一个航天人。

机遇这东西，是个调皮的小捣蛋，爱搞花样的机灵鬼，有时正襟危坐，有时飘忽不定，有时循规蹈矩，有时别出心裁，很难捉摸，无法把握，我们只有做好充分准备，随时把眼睛睁圆，别忘了那句名言：机遇最青睐有准备的人。

事业心是成功的“动力源”

世界上有一种东西叫事业。事业可以使人全身心投入，如痴如醉，生活是充实的、幸福的，人生是有价值的。人最可怕的不是没有钱财，没有地位，而是没有事业，没有事业心。事业无贵贱之分，不论是政治家的经天纬地，还是田舍翁的春种秋收，只要能造福人类，奉献社会，完美生活，有益身心，都可称为事业。所谓成功者，无非就是在事业上投入多，收获大的人。

人做任何事情都需要有动力，动力越大，事情就越容易成功，事业心就是成功的最大“动力源”。试飞英雄李中华投身我军试飞事业后，强烈的事业心使他坚持学习，努力探索，大胆实践，勇于挑战，20多年来，安全飞行两千多小时，能够熟练驾驶三个机种26种机型执行任务和进行风险课目试飞，成功处置空中险情20起，成为我国为数不多的三位国际试飞员之一。青岛港务局工人许振超的事业是开吊车装卸货物，别人只是当个饭碗，他却当成了事业。为了吊装事业，他刻苦自学，四处拜师，努力钻研，勤于实践，不断前进，终于从一个初中生成为全国知名的吊装专家，多次打破世界吊装纪录。

事业心能充分调动人的潜能。许多人可能都有这样的体会，一旦全力投身于事业中，自己的智慧、勇气、胆识等，就能被最大限度地调动出来，身心状态就和平时判若两人。据杨振宁先生回忆，20世纪50年代初，在赢得诺贝尔物理奖的那个著名实验的关键阶段，他和同行们一进实验室，就有用不完的劲，精力充沛，不知疲倦，几天几夜不睡觉，几个星期不出实验室，是常有的事。

事业心让人青春常驻，老当益壮。耄耋之年的水稻专家袁隆平，至今仍在试验田里忙碌，还在为他的梦想而奋斗。百岁高龄的文学家杨绛，现在每天还坚持读书写作。语言学家周有光也是百岁老人，头脑清醒，耳聪目明，还在语言事业上耕耘不止，有新的研究成果问世，他自称是“被上帝遗忘的人”。

一心扑在事业上，就像儿童进了乐园，乐不思返，会忘记忧愁和不快。人生会有很多痛苦，肉体的痛，可用药物来解除；心灵的痛，则可以用投身事业来转移和减轻。譬如失恋是心灵的痛，许多失恋者因此而寻死觅活，而钟情事业者，却可用事业来止痛疗伤。诺贝尔恋爱失败，痛不欲生，但很快又在自己的事业中寻得乐趣，虽然终生未娶，但是他的一生轰轰烈烈，给后人留下了巨大的物质财富和精神财富。科学家牛顿、作家安徒生、音乐家贝多芬，都有过失恋的痛苦经历，也都终生未婚，却在伟大的事业中找到了精神寄托，成为名传千古的大师、巨匠。

事业的根是苦的，花是香的，果是甜的。那些视事业重如山、看名利淡如水的人，是令人羡慕、让人敬重，更值得我们效仿的人。